LE CRIME D'UNE NUIT D'ÉTÉ

LES ENQUÊTES DE L'INSPECTEUR HIGGINS

Déjà parus

1. Le Crime de la momie
2. L'Assassin de la Tour de Londres
3. Les Trois Crimes de Noël
4. Le Profil de l'assassin
5. Meurtre sur invitation
6. Crime Academy
7. L'Énigme du pendu
8. Mourir pour Léonard
9. Qui a tué l'astrologue ?
10. Le Crime de Confucius
11. Le Secret des Mac Gordon
12. L'Assassin du pôle Nord
13. La Disparue de Cambridge
14. La Vengeance d'Anubis
15. L'Assassinat de Don Juan
16. Crime dans la Vallée des Rois
17. Un assassin au Touquet
18. Le Crime du sphinx
19. Le Tueur du vendredi 13
20. Justice est faite
21. Assassinat chez les druides
22. La Malédiction de Toutânkhamon
23. L'École du crime
24. Le Démon de Kensington
25. L'Aiguille de Cléopâtre
26. Brexit oblige
27. Crime sur le lac Léman
28. Comédien, assassin ?
29. Sauvez la reine !
30. L'Énigme XXL
31. Le Marchand de sable
32. Jack l'Éventreur : le retour
33. Un crime pour l'éternité
34. Les Sept Merveilles du crime
35. Crime niçois
36. L'Empreinte carbone
37. Que le diable l'emporte !
38. L'Ennemi invisible
39. Le Monstre du loch Ness
40. Le Crime d'une nuit d'été

À paraître en septembre 2021

41. Le Masque de l'assassin

CHRISTIAN JACQ

LE CRIME D'UNE NUIT D'ÉTÉ

LES ENQUÊTES DE L'INSPECTEUR HIGGINS

XO EDITIONS
J ÉDITIONS

www.inspecteurhiggins.com
www.xoeditions.com

ISBN : 978-2-37448-310-8

« La lune, telle qu'un arc d'argent
qui vient d'être tendu dans les cieux,
éclairera la nuit de nos noces solennelles. »

Shakespeare, *Le Songe d'une nuit d'été*,
acte I, scène 1

L'Égypte menant à tout, j'ai eu la chance, lors d'un séjour de recherche au British Museum, de rencontrer un personnage extraordinaire. Aimant se faire appeler Higgins, en dépit de ses titres de noblesse, cet inspecteur de Scotland Yard avait été chargé d'un grand nombre d'enquêtes spéciales, particulièrement complexes ou « sensibles ».

Entre nous, le courant est immédiatement passé. D'une vaste culture, Higgins m'a accordé un privilège rare en m'invitant dans sa demeure familiale, une superbe propriété au cœur de la campagne anglaise. Et il m'a montré un trésor : ses carnets relatant les affaires qu'il avait résolues.

J'ai vécu des heures passionnantes en l'écoutant et obtenu un second privilège : écrire le déroulement de ces enquêtes criminelles, fertiles en mystères et en rebondissements.

Voici l'une d'entre elles.

— 1 —

C'était une divine nuit d'été, l'un de ces moments de grâce dont on se souvient une vie entière. Dans le parc enchanteur de Moonlight, une vaste propriété du Gloucestershire, Audrey Wani s'accordait enfin quelques instants de détente, goûtant la température de trente degrés qu'adoucissait un air léger.

La très jolie jeune femme adorait le domaine qu'avait aménagé son père, un milliardaire américain décédé d'une crise cardiaque deux ans plus tôt. Brillantissime, Audrey, qui stupéfiait ses professeurs d'économie à Harvard comme à Oxford, s'était lancée dans le travail à corps perdu. Et nul ne doutait que son géniteur, financier de haut vol et rapace impitoyable, avait trouvé son successeur.

Audrey Wani n'avait pas connu sa mère, une sublime Cambodgienne morte à sa naissance en raison d'une grave erreur du gynécologue. En hommage, elle avait choisi son prénom, Wani, comme nom de guerre. Quant au praticien, il s'était officiellement suicidé. Le père d'Audrey ignorait la notion de pardon.

Il s'était éteint dans les bras de sa fille, et le monde avait basculé. Sans lui, et malgré des milliards d'humains, il semblait désespérément vide. Seule consolation : s'inspirer de son exemple et faire fructifier son empire.

Voyages, conquête de marchés, développement de projets parfois risqués, rencontres discrètes avec de vrais décideurs, achat de politiciens, placements efficaces. Une seule règle de conduite : lutter et gagner. En cas d'échec momentané, ne pas se décourager et finir par l'emporter.

Réussite totale, à l'exception du domaine sentimental. Pas de temps à perdre avec la cohorte d'imbéciles, de machos et de rapaces qui lui couraient après afin de capter sa fortune.

Une seule catégorie d'êtres l'émouvait : les chiens abandonnés. Eux, qui n'étaient qu'amour, fidélité et confiance, se voyaient trahis par des humains ignobles. Aussi Audrey finançait-elle des dizaines de refuges à travers la planète en exigeant que, jusqu'à leur adoption, ses protégés fussent traités au mieux. Un regret : à cause de ses déplacements incessants, ne pas avoir son propre chien. Un rêve à satisfaire si elle devenait sédentaire.

Soudain, au début du dernier printemps, exceptionnellement ensoleillé tant à New York qu'à Londres, un sentiment douloureux qu'elle ne parvenait pas à juguler : la solitude.

Audrey comprit que son deuil venait de se terminer. Aucun mâle n'égalerait jamais son père, mais elle avait besoin d'un compagnon qui égayerait son quotidien, lui éviterait trop de repas solitaires et lui procurerait quelques plaisirs furtifs.

Contrat strict : pas de mariage, aucun droit de regard sur ses affaires, aucun héritage. Nourri, logé, blanchi, argent de poche en belle quantité. En contrepartie, à sa totale disposition, et aucune discussion possible.

Elle avait soigneusement choisi les candidats, en leur exposant clairement les conditions du marché. Un écrémage d'où avaient émergé six postulants qui acceptaient de jouer un rôle de prince consort, séduits par Audrey et considérant que partager son existence, même sous un tel joug, serait plutôt enviable.

Six, mais une seule place, et un seul gagnant, au terme d'une épreuve décisive : un week-end à Moonlight. Pendant le dîner final, confrontation générale, questionnaire imposé à tous, appréciation de leur comportement. Au breakfast du lundi matin, la propriétaire des lieux désignerait l'heureux élu, et les perdants s'éparpilleraient. Tous les domestiques seraient en congé, de manière à préserver l'intimité de cette compétition.

À l'issue d'un délicieux repas au champagne, qui paraissait déjà si lointain, Audrey avait pris sa décision. Sur son ordre, ses six invités s'étaient retirés dans leur pavillon privatif et luxueux, chacun éloigné des autres et à bonne distance du bâtiment principal, un petit château aux murs couverts de vigne vierge, résidence de la jeune femme.

À minuit, la chaleur subsistait. Elle éprouva une irrésistible envie de se baigner, en rêvant de son proche avenir : se laisser aimer par un serviteur empressé, heureux de son sort, et qui lui obéirait au doigt et à l'œil.

De taille olympique, la piscine chauffée se trouvait à l'angle méridional du domaine. On y accédait par un escalier monumental, aux marches antidérapantes. Des robots la nettoyaient, des systèmes de purification automatisés maintenaient la transparence de l'eau.

Audrey se déshabilla dans le pool-house en teck, orné de photographies de son père aux commandes de son yacht.

— Tu vois, murmura-t-elle, je t'ai fait honneur en doublant notre fortune. Et je ne m'arrêterai pas là. Sois fier de moi.

Nue, elle ferma les yeux et respira à pleins poumons l'air embaumé de la nuit. La lumière de la pleine lune argenta son corps de déesse. En souplesse, elle plongea et nagea longuement sous la surface, avant de jaillir, enveloppée d'un scintillement.

Alors qu'elle sortait de la piscine, Audrey ressentit une présence.

— Il y a quelqu'un ?

Une silhouette se profila à l'angle du pool-house.

— Vous ?

— Vous êtes belle, si belle, trop belle…

Audrey se rappela qu'elle était nue. Même si l'importun était l'heureux élu, il ne profiterait d'elle qu'au moment où elle le déciderait.

— Retournez vous coucher et attendez mon verdict, comme les autres…

L’homme avança lentement, très lentement.

— Vous êtes si belle, trop belle…

— 2 —

Si la canicule perdurait, l'herbe jaunirait. En temps ordinaire, l'arrosage automatique des cieux britanniques était amplement suffisant ; cette année, l'ex-inspecteur-chef Higgins apportait chaque soir de l'eau à son potager. Contrairement aux prévisions, l'été n'était pas humide mais torride. Et il justifiait la définition des mots croisés : « Ce qui se plante en toutes saisons : météorologue. »

De taille moyenne, plutôt trapu, les cheveux noirs, la lèvre supérieure ornée d'une moustache poivre et sel taillée et lissée à la perfection, les tempes grisonnantes, l'œil malicieux et inquisiteur, l'allure débonnaire, Higgins, quoique considéré comme le meilleur « nez » de Scotland Yard, avait pris une retraite anticipée en raison d'un différend d'ordre moral avec sa hiérarchie. Ne transigeant pas sur des valeurs jugées périmées et inutiles, tels la rectitude et l'honneur, il se consacrait à présent à l'entretien de son manoir familial, The Slaughterers, dans le Gloucestershire, et remerciait le destin de lui permettre de vivre dans une si agréable demeure, loin du monde et du bruit.

À cause de la chaleur, même le chien Geb, noir et haut sur pattes, passait le plus clair de son temps à l'ombre, aux côtés du siamois Trafalgar qui avait augmenté ses temps de repos, ne se réveillant qu'aux heures des repas. Quelle que fût la température, son appétit ne diminuait pas.

Au début de la nuit, Higgins humectait sa roseraie, l'une des plus somptueuses du royaume. Durant la journée, chaise longue, relecture de bons auteurs, écoute d'œuvres de Mozart, de Bach, de Haendel et de Purcell offrant un supplément d'âme, et hydratation qu'assurait une légère bière bio. Et quel bonheur de méditer sous les frondaisons d'un des chênes centenaires !

— Il est sauvé, annonça Mary.

Mary, la gouvernante du domaine, âgée de soixante-dix ans depuis toujours. Croyant en Dieu et en l'Angleterre, elle avait traversé crises économiques et guerres mondiales sans attraper le moindre rhume. Devenue virtuose de la Toile, elle surfait avec une habileté remarquable. Grande lectrice du *Sun*, un tabloïd nourri de scandales, elle suivait de près la dégradation de la planète, tout en demeurant une cuisinière hors pair.

Elle présenta à Higgins une boîte en carton. À l'intérieur, sur un tissu moelleux, un gros hérisson au regard reconnaissant.

— Blessure cicatrisée, indiqua-t-elle ; nous pouvons lui redonner la liberté.

En découvrant le blessé, sans doute par un grillage, Higgins l'avait aussitôt transporté chez Mary, laquelle disposait d'un arsenal thérapeutique digne d'un vétérinaire. Une semaine de soins intensifs, nourriture administrée à la pipette, réconfort immoral : le patient avait vite récupéré.

— J'espère qu'il restera ici, dit Higgins, ému ; un hérisson, c'est la bénédiction des jardins. Grâce à lui, plus de limaces.

— Autre bonne nouvelle : Penka échappera à l'abattoir. Mon collectif antieuropéen sur le Net a pesé lourd. Les crétins de Bruxelles ont renoncé à leur diktat.

Penka était une vache bulgare. Curieuse de nature, elle avait franchi une frontière pour baguenauder en pâturage serbe, non européen. Quinze jours plus tard, le fermier d'accueil l'avait raccompagnée chez son légitime propriétaire, en omettant de signaler sa démarche aux autorités. Or, les règles de l'Union européenne sont très strictes : on n'importe pas un animal vivant sans certificat vétérinaire excluant toute maladie. En revenant en Bulgarie, la malheureuse Penka n'en disposait pas. Conséquence inévitable : abattre cette vache en situation illégale.

Attristé, le propriétaire de Penka avait lancé un SOS sur la Toile, et Mary n'avait pas manqué, avec d'autres partisans des vaches, de lui donner un maximum d'écho, jusqu'à importuner la Commission européenne. Miracle : pas de mise à mort, mais en quarantaine, et analyses poussées de laboratoire. Comme Penka était en excellente santé, survie accordée, caresses et fourrage haut de gamme en sus.

— Je vous ai préparé un dîner léger : caviar d'aubergines, carpaccio d'agneau gratiné sur lit de pois chiches, bien entendu à l'huile d'olive et à la moutarde traditionnelle. Piment d'Espelette et miel de lavande ajoutent une note rare. En dessert, une tourte forêt-noire au kirsch.

Étant donné les conditions climatiques, Higgins s'accordait, à l'apéritif, un rosé léger, un œil-de-perdrix gouleyant qu'il se faisait livrer par le domaine La Capitaine, sis dans le canton de Vaud. Un saint-émilion d'une bonne année accompagnerait le reste du repas.

Bien que correctement nourri, le chien et le chat se dissimulèrent sous la table afin d'y recueillir des suppléments, attitude condamnable que Mary feignait de ne pas repérer. Réussir un caviar d'aubergines n'était pas tâche aisée, et celui de la gouvernante avait un moelleux inégalable ; quant à son carpaccio d'agneau qu'apprécièrent au plus haut point les deux chapardeurs, il touchait à la perfection. Légère à souhait, la tourte forêt-noire enchantait le palais. De quoi oublier les turpitudes du monde extérieur.

Geb et Trafalgar commençaient leur digestion quand Mary, équipée du dernier modèle de tablette, réapparut.

— Manquait plus que ça ! Un crime près de chez nous !

— Un crime… Vous êtes sûre ?

— La propriétaire du vaste domaine de Moonlight, une sacrée pin-up et une intelligence supérieure, a disparu. Et son intendant est persuadé qu'on l'a assassinée.

— Ce n'est pas une preuve.

— J'en ai une, moi, de preuve ! J'ai contacté l'une de mes copines, la meilleure voyante de la région. Elle est formelle : Audrey Wani a bel et bien été trucidée.

Higgins se garda d'émettre une objection.

— Des recherches seront entreprises, avança-t-il.

— Elles sont belles, les recherches de la police ! Chaque année, des milliers de personnes s'évanouissent dans la nature, et qui s'en préoccupe ? Sûrement pas Scotland Yard, ce repaire de brigands et d'incapables ! Ce coup-là, c'est un crime ! Alors, vous vous bougez, vous allez sur place et vous constatez par vous-même. Regardez un peu cette superbe fille…

Sur la tablette apparut une photo d'Audrey Wani en robe du soir. Élancée, blonde, un visage de la Renaissance italienne, le regard envoûtant, une allure de déesse.

— Une beauté comme ça, décréta Mary, ça ne s'enfuit pas. On l'a tuée.

— 3 —

Conscient que l'atmosphère, déjà étouffante, deviendrait irrespirable s'il ne se pliait pas aux injonctions de Mary, Higgins, le matin suivant, se vêtit d'un costume beige clair style colonial et sortit de l'ancienne écurie une vieille Mercedes bleu nuit qui démarra au quart de tour. Une belle mécanique, presque inusable, à la différence des automobiles bardées d'électronique que seuls des ingénieurs étaient capables de conduire.

Après avoir précisé à Geb et à Trafalgar qu'il s'absentait pour quelques heures, l'ex-inspecteur-chef s'aventura sur une route de campagne peu fréquentée et dépourvue de radar. Il n'en roula pas moins lentement, de manière à pouvoir s'immobiliser si un animal, petit ou grand, avait l'idée de traverser.

Une demi-heure plus tard, il atteignit le domaine de Moonlight, noyé dans un océan de verdure.

Un portail plein, un interphone. Higgins sonna.

Une longue attente, puis une voix éraillée :

— C'est quoi ?

— Inspecteur Higgins, Scotland Yard.

— C'est pas trop tôt ! Je vous ouvre. Empruntez l'allée centrale et roulez jusqu'au château.

Au moins une quarantaine d'essences, un nombre incalculable de massifs taillés selon des formes géométriques, des sentiers serpentant dans ce parc aux dimensions impressionnantes, digne d'un monarque.

Progressant au pas, Higgins admira cette nature tantôt sauvage, tantôt maîtrisée, et aperçut des jardiniers au travail. Il lui fallut un bon quart d'heure pour atteindre l'esplanade précédant un petit château, de construction récente, mais d'assez bon goût.

Au bas du perron, un homme âgé, environ un mètre soixante-dix, casquette vissée sur la tête, veste brune, pantalon de velours noir côtelé, bottes de chasseur. Un visage rude, ridé, un collier de barbe et des cheveux blancs, des doigts noueux.

Higgins descendit de sa voiture.

— Abercrombie Northgate, intendant. C'est quand même pas trop tôt ! J'ai appelé plusieurs fois la police, sans résultat !

— À quel propos ?

— Ma patronne a disparu, dans des circonstances plus qu'étranges ! Mais on me répond qu'il s'agit certainement d'une absence momentanée, ou d'une fugue, et qu'il faut patienter. Moi, j'ai la certitude qu'elle a été assassinée. Et si elle a été enlevée, elle est en grand danger, et chaque jour qui passe aggrave la situation !

La voix éraillée tremblotait. Le bonhomme semblait ému et inquiet.

— Vous allez me raconter votre histoire en détail, suggéra Higgins. Je peux visiter ?

— L'extérieur ou l'intérieur ?

— Les deux. L'extérieur, j'en ai déjà vu une partie. D'autres bâtiments, à part ce château ?

— Je pense bien ! On prend la voiturette électrique. Il paraît que c'est écologique. On nous a vendu la couche d'ozone puis le CO_2, et on nous prépare sûrement la suite. Faut bien faire marcher le commerce.

Deux places, et une vitesse limitée. Néanmoins, le petit véhicule rouge vif se déplaça en souplesse et permit à Higgins de découvrir une immense pelouse, admirablement tondue, et bordée de six pavillons en pierre de taille, au toit d'ardoise. Distants les uns des autres d'un bon mile, ils étaient entourés d'un jardin fleuri ; et leurs fenêtres à petits carreaux ne manquaient pas d'élégance.

— Mon premier patron, Jason Morton, a fait construire ces pavillons pour ses invités. Ils se sentaient presque chez eux, et goûtaient le luxe et la tranquillité. Vous voulez en voir un ?

— Volontiers.

Hall avec lustre et peintures campagnardes, salon Tudor, bureau Regency, deux chambres design, deux salles de bains, matériel électronique. De quoi passer un agréable séjour.

— Jason Morton, le père de la disparue ? interrogea Higgins.

— Un milliardaire américain, financier hors pair, qui a réussi à la force du poignet. Travailleur acharné, dur, tranchant, sauf avec Audrey, sa fille unique. Un papa gâteau. Faut dire que son épouse est morte en couches. L'erreur d'un mauvais toubib, qui a mal fini. M. Morton ne l'a pas lâché.

— Pas de remariage ?

— Non, il s'est consacré à son entreprise et à sa gamine, un vrai petit génie. Première partout, études à Harvard et à Oxford, un cerveau en économie.

— Vous êtes lié depuis longtemps à la famille, me semble-t-il ?

— Pour sûr, inspecteur ! J'étais jardinier dans le coin quand M. Morton a constitué ce domaine en rachetant un maximum de terres. Il a convoqué ouvriers et paysans, examiné chacun des pieds à la tête, s'est arrêté devant moi et a déclaré : « Je te nomme intendant de Moonlight. Agis pour que tout fonctionne. Et ne me déçois pas. »

— Et vous ne l'avez pas déçu ?

— Je ne crois pas. Je suis même devenu son confident et celui de sa fille. Moonlight, c'est ma vie. N'ayant aucune famille, j'y suis parfaitement heureux. Je devrais dire : « j'étais ». La mort de M. Morton, d'une crise cardiaque il y a deux ans, fut un coup dur. Très dur. J'ai eu peur que la petite ne s'en remette pas.

— Son âge ?

— Aujourd'hui, vingt-cinq ans. Mais pour moi, elle sera toujours la petite. Et maintenant, elle est morte, elle aussi !

— Ne soyez pas si pessimiste.

— Je le sens, inspecteur, je le sens ! Et si vous connaissiez les circonstances…

— Vous allez me les apprendre.

— 4 —

Nerveux, Abercrombie Northgate conduisit la voiturette électrique avec rudesse, comme s'il était pressé de regagner le château et de s'éloigner des pavillons.

— Maudites bâtisses, marmonna-t-il, maudits invités. C'était si tranquille, ici, avant qu'ils viennent. J'aurais dû leur tirer dessus. Ainsi, rien ne serait arrivé.

Soudain, l'intendant s'était isolé dans ses souvenirs récents et remâchait ses craintes en oubliant la présence de Higgins, qui écouta ses confidences.

— Des ordures, tous des ordures, forcément… Des types de ce genre, forcément des malfrats ! Et moi qui ai bêtement obéi, au lieu de ruer dans les brancards et d'intervenir. Mais qu'est-ce qui m'a pris ?

Presque en pleurs, Abercrombie Northgate faillit percuter le perron.

Le freinage brutal le fit sortir de sa bulle.

— Pardon, je rêvassais ! Depuis la disparition de la petite, je ne dors pas et j'ai des absences. Vous n'imaginez pas ce supplice, inspecteur ! Moi qui n'ai jamais tremblé devant un sanglier furieux, je crève d'angoisse.

— Si je comprends bien, vous êtes un chasseur expérimenté ?

— Chasseur et pêcheur depuis l'enfance ! Et j'ajoute que je sais pratiquement tout faire : jardinage, maçonnerie, menuiserie, plomberie, électricité… Un ouvrier ne me berne pas, moi ! Et les tordus, ils le sentent passer. Ma petite armée d'employés, je la dirige d'une poigne de fer. Sinon, ce serait la débandade. Et ma patronne ne me le pardonnerait pas. Ma patronne…

De nouveau, le spleen.

— Entrons, je vous explique.

Le hall en marbre rose avait belle allure.

— À gauche, indiqua l'intendant, c'est mon domaine. Trois pièces, cuisine, commodités… Au fond, deux bureaux, un salon et une salle de cinéma. À droite, la salle à manger. C'est là que tout s'est passé, à mon avis.

— Eh bien, montrez-la-moi.

Là encore, de quoi satisfaire un roi ou un président. Impressionnante hauteur sous plafond, lustres vénitiens, table monumentale en marbre vert, fauteuils anciens à haut dossier.

— La petite me racontait tout, vraiment tout, confessa Abercrombie Northgate. J'ai cru qu'elle allait sombrer à cause de la mort de son père, le seul homme de sa vie, et qui le restera, quoi qu'il arrive. Mais au lieu de se laisser dépérir, elle a travaillé comme une folle et voyagé d'un bout à l'autre de la planète. Succès total, d'après elle, fière d'augmenter la fortune familiale et de s'imposer, à vingt-cinq ans, dans le monde cruel de la finance. Son boulot, une drogue ! Ses rares moments de détente, elle les passait ici, à dormir, avant de repartir à la conquête d'un nouveau marché. Jamais vu une énergie et une détermination pareilles. Se montrer digne de son père, une obsession ! Pas question de prôner la modération, elle m'aurait étripé. Alors, je me contentais de diriger mes équipes pour que tout soit impeccable à Moonlight quand ma patronne réapparaissait et y séjournait en coup de vent. Côté nourriture, repas légers et produits frais de première qualité, surtout des légumes de notre potager.

— Audrey Wani... Pourquoi ne portait-elle pas le nom de son père ?

— Wani, c'était le prénom de sa mère. Elle l'avait choisi comme « nom de guerre », afin de la faire vivre en elle et d'effacer le drame de sa disparition.

— Vous me dépeignez une jeune femme solide, voire inébranlable...

— Au travail, inspecteur, seulement au travail ! Pour le reste, plutôt un cœur d'artichaut. Elle versait, anonymement, des sommes considérables à des refuges accueillant des chiens errants ou abandonnés, et luttait pour persuader les autorités de certains pays de se montrer moins inhumaines envers eux. Elle veillait à la bonne utilisation de ses fonds ; si un directeur de refuge les détournait, robinet coupé et intervention de la justice.

— Je n'ai pas aperçu de chien dans la propriété.

— Le rêve de ma patronne, c'est d'adopter un chien traumatisé, malade, dédaigné, de lui redonner le goût de la vie et du bonheur en le bichonnant. Impossible pour le moment, à cause de ses voyages incessants.

— Sa vie sentimentale ?

L'intendant baissa les yeux et commença à arpenter lentement la monumentale salle à manger. Higgins régla son pas sur le sien.

— C'est là que le bât blessait. Les hommes l'ennuyaient. Elle les jugeait stupides, intéressés, grossiers. Vu sa beauté et son intelligence, elle était pourchassée par une meute de soupirants. Mais aucun ne trouvait grâce à ses yeux. Elle leur préférait son travail, encore son travail, toujours son travail ! Et puis, ce printemps, la dépression, ici, à Moonlight, lors d'un week-end ensoleillé et paisible. Les nerfs ont lâché, elle a soudain souffert de la solitude. Le souvenir de son père et l'ambition professionnelle ne suffisaient plus à l'étourdir. Furieuse contre elle-même, elle a décidé de réagir, en concevant un plan hallucinant qui l'a conduite à la catastrophe.

— Vous l'a-t-elle communiqué ?

— En détail.

— Un instant, pria Higgins, qui s'assit, puis sortit d'une poche un carnet noir et un crayon finement taillé afin de prendre ses premières notes.

Ne se fiant pas à sa mémoire, l'un des pires ennemis de l'enquêteur, l'ex-inspecteur-chef ne devait perdre aucun des renseignements fournis par son interlocuteur, surtout s'il s'agissait d'une affaire criminelle. Sinon, ce carnet-là finirait au rayon des anecdotes.

Les premières pages couvertes de son écriture fine et rapide, Higgins se releva.

Abercrombie Northgate avait les yeux dans le vague.

— Elle prenait tous ses repas dans cette salle à manger. Le personnel était heureux de la servir, elle se montrait aimable et souriante. Pourquoi s'est-elle lancée dans cette aventure insensée ?

Les deux hommes recommencèrent à déambuler.

— Une solitude insupportable, rappela Higgins.

— Oui, bien sûr, mais tout de même... Organiser un pareil concours ! J'ai tenté de la dissuader, nous avons longuement discuté, elle n'a écouté aucun argument. D'après elle, pas de meilleure méthode pour trouver l'homme dont elle avait besoin !

— Si vous précisiez, monsieur Northgate ?

— Insensé, complètement insensé !

— 5 —

L'intendant reprit son souffle, tout en rassemblant ses souvenirs.

— Ma patronne a sélectionné un certain nombre d'hommes qui pouvaient lui convenir. Après un écrémage à l'instinct, elle a retenu six candidats sérieux.

— Des personnes qu'elle avait fréquentées ?

— Plus ou moins. Soit des contacts professionnels, soit des individus croisés lors de mondanités ou dont elle avait entendu parler. Épreuve décisive : inviter les finalistes ici, le temps d'un week-end, chacun résidant dans un pavillon, les voir vivre, les interroger, les jauger. À eux de préparer le dîner du dimanche, occasion d'une confrontation générale. Le lundi matin, au breakfast, Audrey Wani donnerait le nom de l'heureux élu. « Heureux », je me demande jusqu'à quel point ! Pas question de mariage, et un contrat clair : elle engageait un super-domestique, en permanence à sa disposition, et correctement rémunéré pour ses bons et loyaux services. Ce dernier n'aurait aucun droit de regard sur les affaires de ma patronne, et devrait lui obéir au doigt et à l'œil.

— Et les six finalistes acceptaient ces conditions draconiennes ?

— D'après elle, ils jugeaient la proposition convaincante et la place intéressante ! La petite était une magicienne... Qui n'aurait-elle pas ensorcelé ? Moi-même, j'ai cessé de protester en me disant que, peut-être, elle n'avait pas tort de procéder ainsi.

— Étiez-vous chargé d'organiser cet étrange week-end ?

— Justement pas, inspecteur ! Moi et toutes mes équipes eûmes droit à deux jours de congé. Ma patronne voulait être seule avec ses invités. J'ai râlé, en vain.

— Où êtes-vous allé ?

— Pas loin : à l'auberge des Trois Maillets, perdue en pleine campagne, à une demi-heure de moto d'ici. Plats sommaires et chambres rustiques, tranquillité assurée. Pourtant, je n'ai presque pas dormi, tellement je me sentais oppressé. Seules occupations : écouter la radio et me promener en forêt. J'avais hâte de retourner à Moonlight et de reprendre mes activités habituelles. Comme convenu, je suis arrivé lundi à dix heures du matin, précédant de peu les équipes de cuisine, de ménage et de jardinage. J'ai cherché partout ma patronne, sans succès. J'ai tout de suite senti que quelque chose de grave était arrivé. Normalement, elle devait me communiquer le résultat du concours et me donner des instructions concernant sa nouvelle vie avec l'homme de son choix.

— Une escapade amoureuse ? suggéra Higgins.

— Pas sans me prévenir !

— Excluez-vous toute forme de fugue, même en cas de déception, si aucun des candidats ne la satisfaisait ?

— La petite n'a jamais fui, affirma l'intendant. Dans les pires moments, elle s'est toujours battue avec courage. Et c'est ici, et nulle part ailleurs, qu'elle aurait déploré son échec avant de rebondir. On l'a enlevée, inspecteur. Enlevée… et sans doute tuée. Sinon, j'aurais reçu une demande de rançon. Et voilà trois jours qu'elle a disparu, elle qui devait partir pour Singapour avant-hier ! Rater un rendez-vous d'affaires, inimaginable !

— Et vous soupçonnez l'un des six invités ?

— Qui d'autre ?

— L'ennui, c'est qu'ils se sont évanouis dans la nature.

Abercrombie Northgate eut un pauvre sourire.

— À Scotland Yard de les retrouver, de les interroger, d'identifier le coupable et de délivrer la petite… s'il n'est pas trop tard.

— Vous ne les avez même pas vus. Pour le moment, des fantômes insaisissables.

— Détrompez-vous ! La petite ne me cachait rien, je vous l'ai dit. Elle m'a montré leurs dossiers avant de les glisser dans un coffre dont je possède la combinaison. J'attendais la police pour les lui remettre.

Northgate et Higgins quittèrent la salle à manger, et empruntèrent un escalier en marbre blanc, qui conduisait aux chambres du premier étage.

L'intendant frappa machinalement à la porte de celle d'Audrey Wani, puis entra.

Deux cents mètres carrés, des murs peints en vieux rose, un mobilier moderne. Pas de fioritures. Seul décor : des photographies de la mère d'Audrey, une très belle Cambodgienne en vêtements traditionnels, et de son père, ressemblant à Humphrey Bogart.

Et deux autres de la jeune femme elle-même, une blonde élancée, ravissante, au regard profond et décidé. Sur la première, elle portait une blouse blanche en crêpe, une jupe verte en taffetas de soie et des chaussures bleues à hauts talons ; sur la seconde, un pull rouge échancré en viscose, une jupe blanc cassé plissée et des sandales à bride en cuir rouge.

— Elle est magnifique, n'est-ce pas ? questionna l'intendant. Et ce charme… Personne n'y résistait.

Higgins admit que le jugement d'Abercrombie Northgate ne semblait pas excessif. Ces simples photos étaient, à elles seules, plutôt envoûtantes, mais il fallait revenir à la réalité.

— Le coffre ?

— Le coffre, quel coffre ?… Ah oui, le coffre !

L'intendant brisa sa rêverie, sortit de sa poche un couteau suisse et descella deux lattes du parquet.

— Original comme cachette, non ? Je tape le code.

Manœuvre réussie. Northgate extirpa six feuillets qu'il confia à Higgins.

— Voici les six finalistes. L'écriture est celle de ma patronne.

Nom, âge, profession, adresse, téléphone et, en prime, une photo d'identité.

Dans les circonstances présentes, des fiches fort précieuses.

— Bizarre, estima Higgins.

— Quoi donc ?

— Aucun commentaire personnel. Audrey Wani ne vous aurait-elle pas exposé ses éventuelles préférences ?

— Elle s'est contentée de me montrer ces feuillets et de préciser qu'elle les conservait ici.

— De votre part, pas de commentaires non plus ?

— « De jeunes et beaux garçons », ai-je remarqué. Ma patronne n'a pas tiqué, on en est restés là.

— 6 —

— Disposez-vous d'une photocopieuse ?

— Dans le bureau du bas.

La vaste pièce était équipée du matériel nécessaire pour garantir des contacts avec le monde entier.

— Pas une journée, même de repos, sans message urgent, indiqua l'intendant en donnant les photocopies à Higgins. Ma patronne réagissait au plus vite. Dans la finance, plus que partout ailleurs, le temps, c'est de l'argent. Les originaux, j'en fais quoi ?

— Remettez-les à leur place. Vous avez fouillé toute la maison à la recherche d'Audrey Wani, je présume ?

— Bien entendu !

— A-t-on volé quelque chose ?

— J'étais persuadé que ces six bandits avaient chapardé bijoux ou bibelots, je me trompais. Enfin, pas complètement. L'un d'eux a emporté la robe que comptait mettre ma patronne lundi matin, afin de célébrer ses drôles de fiançailles.

— Décrivez-la-moi.

— Longue robe rouge à bretelles, décolleté profond.

— Où se trouvait-elle ?

— Exposée dans la salle à manger, tel un trophée. Lors du dîner du dimanche soir, elle voulait leur parler de cette future tenue, réservée au gagnant du concours.

Higgins enrichit ses notes.

— M'autorisez-vous à visiter votre appartement ?

— Bien sûr ! Suivez-moi.

Le domaine privé d'Abercrombie Northgate était un hymne à la chasse. Râteliers remplis de fusils, têtes de sangliers et de cerfs empaillées, tableaux médiocres représentant la mise à mort de bêtes harcelées.

Ni grain de poussière, ni vêtement abandonné, ni le moindre désordre. Un intérieur banal et bien entretenu, une odeur d'encaustique.

— Vous prenez mes déclarations au sérieux, j'espère ?

— Tellement au sérieux, répondit Higgins, que je n'entrevois qu'une solution : faire appel aux spécialistes de la police scientifique. Votre intime conviction, si je ne m'abuse, c'est que votre patronne a, pour le moins, été agressée dans la salle à manger, lors du dîner de dimanche soir ?

— C'est bien mon intuition.

— En ce cas, même si on a tenté de les effacer, il reste forcément des traces. Où puis-je téléphoner ?

— Dans le bureau.

Higgins joignit, sur sa ligne directe, le superintendant de première classe Scott Marlow, l'un des piliers de Scotland Yard, auquel il avait voué son existence. Policier honnête et consciencieux, il avait assisté l'ex-inspecteur-chef lors de plusieurs enquêtes particulièrement sensibles.

— Comment supportez-vous la canicule, mon cher Marlow ?

— Higgins ! C'est vous... c'est bien vous ?

L'ex-inspecteur-chef ne se manifestant que rarement, l'étonnement du superintendant était légitime.

— Un souci que vous pourriez dissiper.

— Volontiers. De quoi s'agit-il ?

— Peut-être un assassinat, dans une propriété proche de chez moi. J'aimerais que des techniciens examinent les lieux.

— Vous avez de la chance : en ce moment, c'est calme. On jurerait que les criminels sont en vacances ou qu'ils ont trop chaud. Je vous envoie une équipe, demain à huit heures.

— Mille mercis. Voici les coordonnées.

Higgins transmit et raccrocha.

— Ne soyez pas surpris, annonça-t-il à l'intendant ; demain matin, débarquement de cosmonautes. Ils iront partout. La salle à manger a-t-elle été nettoyée ?

— Indispensable, après ce dîner.

— Et les poubelles vidées ?

— Évidemment !

— À partir de maintenant, interdisez l'entrée de cette maison à quiconque.

— Même aux femmes de ménage ?

— Surtout à elles. J'ai votre parole ?

— Vous l'avez, inspecteur.

— Qui a nommé ce domaine Moonlight, « la lumière de la lune » ?

— Je l'ignore. Il s'est toujours appelé ainsi.

— Audrey Wani n'a-t-elle pas disparu une nuit de pleine lune ?

— En effet, en effet... Quelles conclusions en tirez-vous ?

— Aucune pour le moment. À demain, monsieur Northgate.

Higgins remonta dans sa vieille Mercedes et roula très lentement afin d'admirer à nouveau le splendide environnement. Un petit paradis où, en apparence, l'on s'évadait aisément de la prison du monde moderne.

En apparence seulement.

Le flair de Higgins ne détectait rien de bon, au contraire. Il y avait beaucoup à vérifier, et l'ex-inspecteur-chef pressentait des investigations ardues.

Au moins commencerait-il par une simple enquête de proximité.

— 7 —

Sise à l'orée d'une forêt, l'auberge des Trois Maillets était un établissement modeste, mais accueillant, qu'appréciaient les amateurs de calme et de solitude. On y accédait par un chemin de terre et l'on avait l'impression d'atteindre un bout du monde.

Deux jeeps, un 4 × 4 et une camionnette étaient garés sous un auvent. Higgins occupa une place libre, descendit de la Mercedes et marcha vers l'entrée de la bâtisse, surmontée de bois de cerf. Il poussa une lourde porte et découvrit une salle assez sombre, au plafond bas. Cinq tables en chêne, des chaises massives, un bar bien garni.

Un robuste sexagénaire, pipe au bec, sortit de la cuisine.

— Vous désirez ?

— Inspecteur Higgins, Scotland Yard.

— Je n'ai rien à me reprocher.

— Je n'en doute pas. J'aimerais juste obtenir un renseignement.

— À quel propos ?

— Le week-end dernier, aviez-vous des clients ?

— Des chasseurs, qui ont dormi ici. Et l'intendant de Moonlight, Abercrombie Northgate, un vieux bougon que je connais depuis toujours.

— Quand est-il arrivé ?

— Vendredi soir. Sa patronne lui avait accordé deux jours de congé, un cadeau exceptionnel. De quoi manger du gibier, dormir à satiété et se promener.

— Son moyen de locomotion ?

— Une moto.

— Quand a-t-il regagné son domaine ?

— Lundi matin, après le breakfast.

— Pas de visites, pendant son séjour ?

— Aucune.

— Vous a-t-il fourni la raison de ce week-end privilégié ?

— Ah... non. Ce n'est pas un bonhomme causant, et je n'ai pas l'habitude de cuisiner mes clients.

— Répondez-moi franchement : s'il s'était absenté pendant la nuit, vous en seriez-vous aperçu ?

— À cause du bruit de la moto, sûrement ! J'ai l'ouïe fine. Mais, s'il est parti à pied...

— Merci de votre coopération.

*

Chemisier violet, jupe grenat, tablier blanc immaculé et poings sur les hanches : Mary barra le chemin à Higgins.

— Alors ?

— Situation complexe.

— Ne noyez pas le poisson !

— Je reconnais que la propriétaire de Moonlight, Audrey Wani, a disparu dans des conditions mystérieuses.

Le chien Geb accourut et recueillit les caresses de son maître.

— Ah, tout de même ! Moi, j'ai du nouveau. Ma copine voyante a consulté plusieurs consœurs, et toutes sont d'accord : cette pauvre fille a été trucidée.

— Je n'exclus pas l'hypothèse.

— Vous ne restez pas les deux pieds dans le même sabot, j'espère !

— Demain, la police scientifique scrutera les lieux. Et j'ai une liste de suspects.

— C'est déjà ça... Bon, vous avez mérité un repas convenable.

« Repas », un mot qui fit saliver le chien et, même à distance, réveilla le chat.

Une douche relaxante et un costume seyant à la chaleur qui persistait.

Mary avait préparé un menu adapté : tartare de légumes au basilic, omble chevalier sur un lit de poireaux, et tiramisu. Higgins choisit un grüner veltliner, un vin autrichien d'un jaune vert pâle, au bouquet floral, sans chaptalisation ni engrais. La plupart des vignobles où se développait ce cépage autochtone se trouvaient près de Dürnstein. Là, en 1192, avait été emprisonné le célèbre roi d'Angleterre Richard Cœur de Lion.

La jeune Audrey était-elle, elle aussi, emprisonnée ? À travers ses photos, fort expressives, l'ex-inspecteur-chef commençait à percevoir sa personnalité, certes pétrie de détermination et de courage, mais aussi d'inquiétude et de fragilité. Si belle et si seule… Un cliché bien réel, aux conséquences peut-être tragiques.

Trafalgar s'adonnant à l'art délicat de la digestion, Geb quémanda une promenade. Higgins franchit le petit pont de bois qui enjambait la rivière Eye et se dirigea vers le bois voisin dont le chien aux grandes pattes connaissait le moindre recoin.

Alors qu'il s'arrêtait pour observer un écureuil grimpant au sommet d'un arbre creux, l'ex-inspecteur-chef l'interrogea :

— Et toi, que penses-tu de cette situation ?

Un chien éveillé lisait dans les pensées de son maître et savait détecter, au-delà du raisonnement et de la logique, un éventuel danger. Or, Geb émit un jappement de douleur.

— C'est ce que je craignais… Audrey Wani est morte. Morte assassinée.

— 8 —

Persuadé que Higgins n'était pas intervenu à la légère et qu'il y avait forcément anguille sous roche, le superintendant Marlow n'avait pas lésiné sur les moyens et envoyé deux camions remplis de matériel d'analyse. À la tête d'une dizaine de techniciens expérimentés, Harold, un quadragénaire bon vivant, mais d'une rigueur implacable quand il s'attaquait à une scène de crime.

— Chouette propriété, dit-il à Higgins, présent à Moonlight dès sept heures du matin. Pas le genre d'endroit à tragédie. Vous soupçonnez quoi ?

— La propriétaire, une jeune femme de vingt-cinq ans, a disparu. Son intendant suppose qu'elle a été agressée dans la salle à manger.

— OK, objectif prioritaire.

— J'aimerais que vous examiniez toutes les pièces de ce petit château, ainsi que les six pavillons réservés aux invités. Et jeter un œil dans le parc ne serait pas superflu.

— J'ai amené un maître-chien et ses deux labradors, des as qui viennent d'être décorés. Si l'on a enterré un cadavre, ils le repéreront. Bon, on s'y met.

Vêtus de combinaisons qui les faisaient ressembler à des cosmonautes, les techniciens de la police scientifique se déployèrent. Figé au bas du perron, Abercrombie Northgate assistait au spectacle.

— Personne n'est entré ? demanda Higgins.

— Je n'ai qu'une parole et j'ai renvoyé les équipes de cuisine et de ménage.

— Et personne ne vous a contacté, à propos d'Audrey Wani ?

— Personne.

— C'est peut-être bon signe. Si elle avait été enlevée, il y aurait eu demande de rançon. En revanche, si elle a décidé de s'isoler quelque part, elle préfère garder le silence.

— Ça ne tient pas debout, inspecteur ! Je vous répète, jamais la petite n'aurait pris la fuite sans m'en parler.

Sans la moindre conviction, Higgins tentait de se raccrocher à un mince espoir. Pendant que ses collègues passaient les lieux au peigne fin, il se promena dans la propriété, lui aussi à la recherche d'un indice, avec son flair comme instrument de mesure.

C'est en dépassant le dernier des pavillons et en se dirigeant vers l'angle méridional de Moonlight qu'il découvrit une piscine olympique et un grand pool-house en teck. De loin, l'eau paraissait d'un bleu immaculé.

La gorge de Higgins se serra. Et si le crime s'était produit ici ? Juste une sensation, brève et intense, à laquelle il ne fallait pas se fier. Craignant de détruire une preuve, il regagna le château et pria Harold de ne pas négliger cet endroit.

Puis il s'adressa à l'intendant, assis sur une marche du perron, le regard vague.

— Lors de notre parcours en voiturette, n'auriez-vous pas oublié de me montrer l'un des attraits de Moonlight ?

— Ça m'étonnerait !

— La piscine, une petite merveille.

— Ah oui, la piscine... J'ai oublié, en effet. Moi, je n'y vais jamais.

— Et votre patronne ?

— Rarement, très rarement. C'est son père qui aimait se baigner. Nager, ça le détendait.

— Vous a-t-elle parlé d'une entrevue à la piscine avec les candidats ?

— Non, inspecteur.

*

La journée de travail avait été intense, seulement interrompue par une rapide pause-sandwich. Tandis que ses subordonnés rangeaient leur matériel sophistiqué, Harold aborda Higgins, assis à côté de l'intendant.

— Je boirais bien une petite bière.

— Je vais vous chercher ça, promit Abercrombie Northgate.

Harold consulta le rapport préliminaire.

— Rien de rien, nulle part. Pas la moindre trace de sang. Aucun indice de violence ni dans le château, ni dans les pavillons, ni à la piscine.

— Des ADN ?

— Toute une collection. Probablement ceux de la propriétaire, des membres du personnel et d'individus qui ont séjourné dans le domaine à un moment ou à un autre. On vérifiera tout ça, autant que possible.

Higgins n'attendait rien de cette démarche, qui confirmerait la présence des six suspects à Moonlight, sans procurer une preuve de culpabilité.

— Le plus intéressant, poursuivit Harold, ce sont les chiens. Deux constats. Le premier, c'est qu'aucun cadavre n'a été enterré dans le parc. Le second, c'est qu'ils ont déniché des pistes à partir de vêtements appartenant à la disparue, que nous a confiés son intendant. À coup sûr, elle s'est rendue à la piscine ; ensuite, au garage derrière le château. Elle est probablement montée dans une voiture qui a quitté les lieux. Les chiens se sont immobilisés à l'entrée de la route.

— Magnifique travail. Merci de remettre votre rapport au superintendant Marlow.

— Une petite dépression de milliardaire et une fugue pour se ressourcer… On en a connu d'autres.

L'intendant réapparut avec deux verres de bière. Harold vida le sien d'un trait, salua ses hôtes et monta dans le camion de tête.

— Des résultats ? s'inquiéta Abercrombie Northgate.

— Pas d'élément permettant de conclure à un assassinat. La salle à manger, notamment, n'a pas été le théâtre de violences.

L'intendant parut effondré.

— Alors, vous… vous abandonnez ? La petite a été enlevée, tuée, peut-être torturée et violée, sa dépouille pourrira n'importe où, et Scotland Yard s'en moque !

— Certainement pas, monsieur Northgate. Nous savons, à présent, qu'aucune agression sanglante n'a été commise ici. Il reste néanmoins six suspects.

— Faites-les parler, bon sang ! L'assassin craquera, j'en suis sûr ! Autrefois, on ne prenait pas de gants. Si je m'en occupais moi-même…

— Je vous le déconseille. Veillez sur Moonlight, je vous informerai des éventuels progrès de l'enquête.

— 9 —

À la mine grave de Higgins, Mary comprit que tout allait de travers.

— Vos as de la technologie ont fait chou blanc, je parie !

— Hélas, oui.

— Vous croyez qu'un assassin moderne est assez stupide pour laisser des traces derrière lui ? Vos méthodes, il les étudie et sait comment les déjouer ! Le trucage de l'ADN, c'est l'avenir du crime. Et Scotland Yard n'y verra que du feu, avec dix ans de retard.

Renonçant à prendre la défense du laboratoire central, Higgins, préoccupé, s'accorda un doigt de xérès bien frais.

— Vous ne comptez pas vous prélasser sur une chaise longue alors qu'une pauvre gamine a été assassinée à deux pas de chez vous ?

— Auriez-vous l'obligeance de me mettre en contact avec le superintendant Marlow ?

— Accompagnez-moi dans ma cuisine.

Cette vaste pièce stratégique présentait deux aspects fort différents. Le premier, un hommage à la tradition :

four ancien, cuisinière à bois, batterie de casseroles et d'ustensiles d'un âge respectable, mais d'une efficacité inégalée. Le second, une célébration du progrès grâce à une autre batterie, celle-là d'appareils électroniques et connectés, dont le dernier modèle de tablette.

— La 5G, commenta la gouvernante, c'est le minimum, bientôt dépassé. Je vous connecte.

Connaissant le numéro d'urgence de Marlow, Mary l'obtint immédiatement et lui passa Higgins.

— La police scientifique n'a rien noté d'anormal à Moonlight, déclara-t-il.

— Affaire classée ?

— Je ne crois pas.

— Une raison précise ?

— Les circonstances du drame. La milliardaire Audrey Wani avait convoqué six prétendants pour élire un chevalier servant. Avant l'annonce finale, elle a disparu. Et son intendant, qui avait l'habitude de recueillir ses confidences et n'était pas présent lors de ce week-end si particulier, est convaincu qu'une tragédie a eu lieu.

— Et vous, Higgins ?

— Moi aussi.

À la pointe de la police scientifique et de l'informatique, Scott Marlow se méfiait de l'intuition, mais ne négligeait pas celle de l'ex-inspecteur-chef qui, à plusieurs reprises, s'était révélée utile.

— En termes professionnels, concéda le superintendant, nous pouvons parler d'une disparition inquiétante. Je lance des recherches. De votre côté, qu'envisagez-vous ?

— Audrey Wani avait dressé la liste des six candidats, que m'a remise son intendant. Tous résident en Angleterre. Il me semble indispensable de les interroger.

— Entendu, je vous couvre.

— Pourriez-vous me fournir une voiture de service avec chauffeur, pour mes déplacements ?

— Sans problème. Demain matin ?

— Ce sera parfait. Mary va vous communiquer l'intégralité du dossier.

— Dites-moi, Higgins... Et s'il y a un ou plusieurs criminels parmi ces lascars, ne courez-vous pas des risques inconsidérés ?

— Pas lors d'un premier contact en douceur. Ensuite, nous verrons. Et si je disparaissais à mon tour, vous auriez une piste privilégiée.

— Soyez quand même prudent ! Et si ça coince, appelez-moi.

— Entendu.

Mary déconnecta les deux policiers.

— Ne vous prenez pas pour James Bond ! En plus, les derniers films de la série sont tellement mauvais... Alors, comme ça, vous me transformez en auxiliaire du Yard !

— C'est vous qui avez soupçonné une affaire criminelle, n'est-ce pas ? Il est logique que le superintendant et vous soyez informés.

D'un certain côté, la gouvernante n'était pas mécontente de jouer un rôle décisif. De l'autre, elle n'était pas inconsciente des éventuels dangers. Et la remarque du superintendant, à propos de la réaction brutale d'un assassin démasqué, l'inquiétait.

— J'ai côtoyé nombre de criminels, rappela Higgins, comme s'il lisait dans les pensées de Mary, et je tente de mesurer leur dangerosité.

— Mieux vaut ne pas vous tromper !

*

Higgins savoura une soirée paisible, entouré du chien et du chat, qui apprécièrent le *Concerto pour clarinette* de Mozart, une musique descendue du ciel pour donner un peu de lumière aux âmes. Parfois, la perfection était de ce monde. Afin de se reposer les méninges, qui seraient fortement sollicitées pendant les prochains jours, l'ex-inspecteur-chef remplit une grille de mots croisés assez difficile, d'autant plus que les définitions du rédacteur étaient alambiquées et imprécises.

Des précisions, en obtiendrait-il ? Pour le moment, en l'absence de preuves matérielles, il partait désarmé au combat.

— 10 —

De bon matin, Higgins exposa son plan à Mary.

— Pour deux des suspects, des adresses originales : la ferme Nasby et un camping-car, au lieu-dit les Évanouis.

— La ferme Nasby ? Une ruine, à l'abandon depuis vingt ans ! Et les Évanouis, un coin maudit. Un mot français, en plus ! Selon une légende locale, si on y stationne plus d'une journée, on devient fou ou on disparaît sans laisser de trace.

— Pourriez-vous extraire de vos machines une carte détaillée de la région ?

— Un jeu d'enfant.

Higgins se pencha sur le document en couleurs. Et Mary pointa du doigt les deux emplacements.

— Regardez-moi ça ! Tout près de Moonlight ! Sûrement pas une coïncidence.

— Sauf votre respect, pas de conclusion hâtive. Je débuterai néanmoins par ces deux candidats-là. Un troisième réside à Windsor, et les trois derniers à Londres.

— Et s'ils se sont enfuis ?

— Comportement significatif. Grâce aux renseignements dont nous disposons, Scotland Yard les retrouvera.

Deux coups de klaxon intempestifs qui firent aboyer Geb et réveillèrent Trafalgar.

— Sûrement votre chauffeur.

Le chien noir galopa jusqu'à la grille et, quand il vit le visiteur, tourna un regard désappointé vers son maître, qui le rejoignait à pas tranquilles.

L'envoyé du superintendant Marlow était un mélange de Buster Keaton et de Woody Allen. Vêtu d'un costume gris, il exprimait un profond ennui.

— Je me présente, dit-il d'une voix languissante : Bug Bugsy. C'est ridicule, mais j'assume. Vous êtes l'inspecteur Higgins ?

— En effet.

— En ce cas, je suis votre chauffeur délégué. Je travaille pour Scotland Yard depuis dix ans. États de service impeccables. Comme ma vie intérieure est dense, je ne supporte pas qu'on me parle quand je conduis. Vous me donnez votre destination et je vous emmène en silence.

— Je ne vous importunerai pas, promit Higgins. Désirez-vous un thé ou un café ?

— Je suis à présent en fonction et j'attends vos ordres. De plus, j'ai mon propre thermos et ne bois qu'une seule sorte de thé, que je prépare moi-même. J'ajoute, et j'en aurai terminé, que le cadre de ma mission est très strict : conduire et, seulement en cas de nécessité absolue, passer un appel en utilisant le téléphone de voiture. Rien d'autre. Je souligne : absolument rien d'autre.

« Quels que soient les traquenards qui m'attendent, pensa l'ex-inspecteur-chef, je ne risque pas de mourir de rire. »

*

Après avoir expliqué à Geb et à Trafalgar qu'il ne s'absentait que pour la journée, Higgins s'était vêtu d'une chemise blanche en coton, d'un pantalon beige clair et d'un blazer bleu léger. Un nœud papillon vieil or complétait cet ensemble. Et des pieds tournants sur mesure lui permettraient de marcher sans fatigue pendant des heures.

Vu la chaleur qui commençait déjà à devenir harassante, l'activité du chien et du chat serait réduite au minimum. Ils sommeilleraient en humant la délicieuse odeur provenant de la cuisine, celle d'une épaule d'agneau aux petits légumes.

— Ne mangez pas n'importe quoi à midi, recommanda Mary, un peu rassurée de connaître le programme de Higgins, aussitôt transmis au superintendant Marlow.

La voiture, une Land Rover, était d'une propreté impeccable et correctement équipée. Aucune difficulté pour s'engager sur des petites routes, voire des sentiers. Marlow avait prévu le pire.

— Où allons-nous ? demanda Bug Bugsy.

Higgins lui montra la carte de la région et localisa la ferme.

Le chauffeur brancha son GPS, y entra les données, obtint le résultat escompté, se concentra quelques secondes et démarra le véhicule en même temps que sa vie intérieure.

Respectant les limitations de vitesse, ne doublant que s'il disposait d'une totale visibilité, ralentissant au moindre incident, évitant les accélérations brutales, Bug Bugsy avait une conduite parfaitement réglementaire.

Ne sourcillant pas lorsqu'il fallut quitter une petite route de campagne et emprunter un chemin caillouteux, il s'adapta au terrain.

De plus en plus d'herbes folles, et le sentiment de pénétrer dans une zone abandonnée, retournée à la nature. Subsistait un panneau de bois, rongé aux vers, qui indiquait « Nasby's Farm ». Les caractères seraient bientôt illisibles.

Au loin, les ruines de plusieurs bâtiments : un corps principal, une écurie, une grange, un garage où rouillait un tracteur, un atelier. Des vitres brisées, des murs délabrés, des toitures percées. Envahi par la végétation, l'ensemble tomberait en poussière au fil des saisons.

Cependant, un objet trahissait une présence humaine. Et pas n'importe lequel : une Ferrari, le cabriolet Portofino, d'un rouge éclatant.

— 11 —

Apparut un homme d'un mètre quatre-vingts, le visage étroit et tout en longueur, impeccablement rasé, les pommettes saillantes, le nez droit, le regard sévère. Il était vêtu d'un costume sombre d'excellente coupe, agrémenté d'une pochette blanche et d'une cravate de soie rouge tenue par une épingle en or. Une élégance classique assez surprenante dans un pareil endroit.

— Propriété privée, déclara-t-il d'une voix grave, plutôt agressive. Décampez immédiatement.

Les mains crispées sur son volant, Bug Bugsy se statufia. Les événements à venir sortaient du cadre de sa mission. Son passager descendit de la Land Rover.

— Inspecteur Higgins, Scotland Yard. Ai-je l'honneur de m'adresser à Franz von Sigental ?

L'interpellé fut surpris.

— La police ? Que venez-vous faire ici ?

— N'auriez-vous pas une petite idée ?

— Laissez-moi réfléchir… Un excès de vitesse ? Cela m'étonnerait ! Mon cabriolet de 600 CV atteint aisément 320 km/h, et son turbo V8 garantit un passage de 0 à 100 km/h en 3,5 s, mais je conduis prudemment.

— Soyez rassuré.

— De quoi m'accusez-vous ? Ah, je vois ! Vous me prenez pour un squatteur ! Eh bien, vous vous trompez. J'habite ici de manière tout à fait légale. Et l'histoire vaut la peine d'être racontée. J'ai fêté hier mon trentième anniversaire et célébré la mémoire de mes défunts parents qui, voilà longtemps, ont découvert cette région et cette ferme, alors en pleine activité. J'y ai passé de merveilleuses vacances. L'année dernière, en la voyant dans cet état, j'ai eu un coup au cœur. Aussi ai-je contacté l'ayant droit de la famille Nasby, un vague cousin. En échange de quelques livres sterling, il m'a octroyé une autorisation de résidence.

— Ces ruines sont-elles habitables ?

— Aucun problème. Sachez que je suis un écologiste militant. Je déteste les villes et n'apprécie que la nature. Cet endroit m'enchante ! Pas besoin d'électricité, une source à proximité, une existence saine et revigorante… Un rêve réalisé.

— M'accorderez-vous un droit de visite ?

— Vous me prenez au dépourvu, mais entrez donc !

À l'intérieur du bâtiment principal, une salle au carrelage fissuré. Une table en noyer, deux tabourets, une dizaine de bougies, un réchaud à gaz, un lit de camp, une armoire sans portes contenant plusieurs costumes. Le long d'un mur, des caisses empilées avec soin.

Higgins s'en approcha.

— Ne touchez pas, c'est fragile ! Elles proviennent de mon pays natal, l'Autriche. L'artisan qui les fabrique respecte scrupuleusement mon cahier des charges.

— Que préservent-elles ?

— Une gamme de blousons coupe-vent de très haute qualité, que je vends en ligne. Huit poches où l'on glisse son passeport, son smartphone, ses lunettes et autres objets indispensables. L'idéal du voyageur.

— Un marché très concurrentiel, me semble-t-il ?

— Un lion peut bien parler quand il y a tant d'ânes qui parlent ! Et moi, je suis un lion qui ne redoute pas les ânes ! La guerre commerciale ne m'effraie pas.

— Logez-vous ici depuis longtemps ? questionna Higgins en explorant la pièce.

— Depuis le début de cet été exceptionnellement chaud. Dans cette masure, vous le constatez, règne une agréable fraîcheur.

— Et vous pensez rester longtemps ?

— Le plus longtemps possible. Dans le commerce, on s'adapte aux circonstances économiques.

Franz von Sigental était un homme coquet et ordonné. Bien que fort modeste, son habitat ne souffrait ni de saleté ni de désordre, et fleurait bon une lavande à la senteur convenable.

— Pourrais-je visiter les autres bâtiments ?

— Si vous y tenez... J'y suis, vous êtes un inspecteur de l'hygiène et vous vérifiez l'état sanitaire des lieux ! Sachez que j'ai procédé à un vaste nettoyage, tout à fait indispensable. Je n'ai pas compté le nombre de toiles d'araignée, mais il n'en subsiste plus une seule. Contrairement à l'aspirateur, le balai est écologique, et le manier entretient la forme. Dans la grange, j'ai installé une douche sommaire. Venez voir.

L'Autrichien ne se vantait pas. Là, comme dans l'écurie, le garage et l'atelier, d'autres caisses contenant, elles aussi, des exemplaires du blouson créé par le styliste. Selon son habitude, Higgins fureta partout, sous l'œil attentif de son hôte.

— Êtes-vous satisfait ? Bien des locaux ne sont pas si propres !

— Je vous le concède. Mais le respect de l'hygiène n'est pas le motif de ma visite.

L'Autrichien fronça les sourcils.

— Et quel est-il ?

— Moonlight, le domaine proche de cette ferme.

Le regard de Franz von Sigental se troubla et ses traits se durcirent.

— 12 —

— Moonlight, répéta-t-il, les lèvres crispées. Un mauvais souvenir. Très mauvais. Autant l'effacer.

— Désolé, je suis contraint de le raviver.

— Pourquoi ?

— Parce que Audrey Wani a disparu et que je redoute le pire.

— Vous voulez dire…

— Un assassinat.

— En quoi une telle horreur me concernerait-elle ? s'insurgea Franz von Sigental.

— À titre de témoin. Vos observations me seront précieuses.

L'Autrichien se gratta la joue.

— Je comprends… Mais j'ai un impératif : des achats au bourg voisin. Je n'ai plus rien à manger.

— Je vous accompagne.

— À votre guise.

Higgins informa Bug Bugsy, qui ne broncha pas. Cette démarche ne le concernait pas.

Conformément à sa déclaration, Franz von Sigental conduisait son bolide avec modération. Selon une statistique, les propriétaires de la Portofino l'utilisaient pour se rendre d'un point A à un point B, en général peu éloignés, et non pour s'enivrer de vitesse. Une voiture de courses, plutôt que de course.

Higgins ouvrit son carnet noir et nota les éléments recueillis pendant ses longues investigations sur le site de la ferme abandonnée.

— Vous travaillez à l'ancienne, inspecteur.

— Sauf un incident de taille-crayon, pas de panne. Vous vous trouviez donc, le week-end dernier, à Moonlight ?

— Exact.

— Une invitation ?

L'Autrichien sourit.

— Plutôt une convocation. Une sorte de concours. Et il y avait cinq autres candidats, que je n'avais jamais rencontrés.

— Un concours ?

— Vous n'allez pas me croire, mais c'est pourtant la vérité ! Audrey Wani était une fille splendide, qu'une cohorte de mâles assiégeait. Une redoutable financière, héritière d'un empire qu'elle faisait prospérer. Méfiante, elle avait décidé de choisir elle-même son mari. « Mari », ce n'est pas le terme adéquat. Elle voulait un homme de compagnie pour égayer sa solitude.

— Vous la connaissiez bien ?

— Bien, non. Je l'ai croisée lors d'un défilé de mode, à Londres. On a sympathisé, elle s'est intéressée à mon entreprise. Sur le moment, j'ai envisagé une liaison. Quand elle m'a appelé, il y a quinze jours, j'ai été estomaqué ! Le genre de proposition inattendue : être à sa disposition en permanence, nourri, logé, blanchi, argent de poche, voyages, grand luxe en permanence. Le gros lot, à condition d'être meilleur que mes adversaires.

— Pourquoi accepter des conditions si étranges ?

Des travaux sur la route menant au bourg, et des feux alternés. La Portofino s'immobilisa.

— Je suis un aristocrate autrichien et je n'aime pas qu'on me marche sur les pieds. Mais je ne déteste pas qu'on me surprenne. À cette occasion, j'ai été gâté ! Mes ancêtres étaient des spécialistes du duel, et j'ai ressenti cette provocation comme un double défi. D'abord, terrasser mes concurrents ; ensuite, dompter cette sauvageonne et lui montrer qui était le maître.

Enfin, le feu passa au vert. Puis, circulation au pas jusqu'au bourg.

— Avez-vous signé une sorte de contrat ?

— Indispensable pour être sélectionné. À mes yeux, un papier sans importance qu'Audrey aurait déchiré avant notre véritable mariage. Je connais les femmes, inspecteur, et celle-là n'est pas différente des autres : elles veulent toutes la sécurité, même les plus déjantées. Et seul un homme solide peut la leur procurer. Audrey me plaisait beaucoup : belle, intelligente, ambitieuse, hyper douée dans son domaine... Une femme digne de moi. Son délire du moment, peu importait ; autant lui donner satisfaction avant de passer aux choses sérieuses.

Un château d'eau, un vendeur d'outils agricoles, de petites maisons avec jardinet, un restaurant, quelques commerces. Endormi, le bourg ne payait pas de mine.

L'Autrichien s'arrêta devant une épicerie. La montre de gousset de Higgins marquait onze heures trente. Le conducteur et son passager franchirent le seuil du magasin.

L'offre n'avait rien de mirobolant. Franz von Sigental choisit un pain industriel qui serait rassis avant le soir, des pâtes aux œufs premier prix, une confiture de groseilles sans groseilles et une bière à migraine.

À la caisse, une gêne.

— Je n'ai pas la somme exacte… Vous me faites crédit ?

— Je complète, décida Higgins.

— Inspecteur, je…

— Vous me rembourserez.

La somme acquittée, les deux hommes sortirent de l'épicerie.

— Souvent, estima Higgins, les restaurants de village proposent des plats sympathiques. Avez-vous essayé celui-là ?

— Non, je…

— Je vous invite à déjeuner.

— 13 —

La cinquantaine épanouie, la restauratrice accueillit avec chaleur ses deux premiers clients de la journée.

— J'espère que vous avez faim, car j'ai préparé de bons petits plats : pâté de sanglier, salade de saison, côtes d'agneau, pommes de terre rissolées, crème brûlée. Ça vous convient ?

Malgré son maintien aristocratique, Franz von Sigental en saliva.

— Parfait, jugea Higgins.

— Prenez la table près de la fenêtre. Pour l'apéritif, je vous propose un cidre local.

— Volontiers.

— Ensuite, je vous conseille un petit rouge de Toscane, pas prétentieux et convivial.

— Nous vous suivons.

L'Autrichien vida d'un trait son verre de cidre. Tandis que Higgins goûtait le vin, acceptable, il se jeta sur le pâté de sanglier, aromatisé à l'anis.

— Comment s'est déroulé le week-end ? interrogea l'ex-inspecteur-chef, qui préférait cependant le pâté de Mary.

— Audrey Wani nous a accueillis samedi, en début d'après-midi comme convenu, sur le perron du château.

— Vous et vos concurrents vous étiez déplacés en voiture ?

— Chacun avait son véhicule, en effet. Elle nous a indiqué l'emplacement du garage, puis nous a conduits à nos pavillons.

— L'atmosphère ?

— Très tendue. On se regardait en chiens de faïence. Certains se demandaient sûrement s'ils avaient eu raison de répondre à cette invitation insensée. À la vue des logements, on a souri. On nous traitait en privilégiés. Je ne sais plus qui a réclamé le programme. Audrey nous l'a donné : profiter du domaine jusqu'au dimanche soir, moment du dîner que nous avions à préparer. Et un entretien privé avec elle, à une heure précise. J'étais en tête de liste, samedi à seize heures.

— Dîner du samedi et déjeuner du dimanche en solitaire ?

— Mon pavillon était équipé : saumon, caviar, légumes frais, fromages, tartes, vins fins… On ne manquait de rien. Et ça évitait de nous mélanger.

Généreuse, la salade de saison ne résista pas longtemps à l'appétit de l'Autrichien, qui apprécia le rouge italien.

— Cet entretien en tête à tête ?

— Un bombardement de questions, plus indiscrètes les unes que les autres, du style « combien avez-vous eu de maîtresses ? », « quelles sont vos préférences sexuelles ? » et *tutti quanti* ! Je lui ai répondu les yeux dans les yeux.

— Sa réaction ?

— Self-control absolu. Impossible de savoir ce qu'elle pensait. N'ayant rien à cacher, je n'ai pas tourné autour du pot. L'interrogatoire terminé, je me suis promené, baigné dans la piscine olympique, j'ai consulté les réseaux sociaux et, surtout, j'ai dormi ! Moonlight, quel endroit apaisant ! Comme j'étais éreinté, cette cure de sommeil m'a requinqué.

— Pas de contacts avec vos concurrents ?

— Aucun jusqu'au dimanche, dix-sept heures. Nous nous sommes réunis à la cuisine du château.

Les côtes d'agneau et les pommes de terre rissolées interrompirent le témoignage de Franz von Sigental, qui s'en régala sans tarder.

— Je n'ai aucun don dans le domaine de la gastronomie, précisa-t-il. Aux autres de se débrouiller.

— Qui s'est proposé ?

— Armand Rachenois, un Français, et Massimiliano Giotanni, un Italien, dont j'ai appris le nom et la nationalité lors du dîner, car chacun a dû, sur les ordres d'Audrey, se présenter en deux minutes.

— Pas de protestations des autres convives ?

— Si, l'Écossais John Carbait, dont les offres de service ont été fermement refusées !

— Le menu de ce dimanche soir ?

— Lasagnes, pintades au four, farandole de légumes, fromage blanc, sorbets. Rachenois et Giotanni ont su allier leurs talents, mais le climat n'était pas à la fête.

— De nouveau une atmosphère tendue ?

— Sinistre ! Vous imaginez la scène ? Six prétendants à la conquête d'une déesse ! Une haine palpable. Et Audrey qui nous faisait passer un examen : « Citez douze pièces de Shakespeare, quelle est la capitale de l'Uruguay, quelle est la plus grande province chinoise, comment s'appelait le premier pharaon de la XVIIIe dynastie… » À cause d'un bourgogne capiteux, on tentait tous bêtement notre chance. Elle ne nous a même pas dit qui fournissait de bonnes réponses ! Conclusion, autour d'un cognac, vers minuit : « Demain, au breakfast, le nom du vainqueur. »

— Étiez-vous confiant ?

Franz von Sigental mastiqua sa dernière côte d'agneau.

— Sans vanité, oui. Audrey avait une classe folle, une élégance innée et un charme… un charme indescriptible. Elle ne pouvait pas s'associer à n'importe qui. Les autres candidats n'étaient vraiment pas à la hauteur. Une lignée telle que la mienne comptait forcément à ses yeux.

— Que s'est-il passé, à l'issue de ce dîner décisif ?

— 14 —

— Dès qu'Audrey s'est éclipsée, une foire d'empoigne ! s'exclama l'Autrichien. Avant le dessert, je dégusterais bien un peu de fromage.

La patronne apporta du stilton et une seconde bouteille de vin, Franz von Sigental ayant fait un sort à la première.

— Les insultes ont fusé, reprit-il. Le plus agressif et le plus vulgaire, c'était le Français, Rachenois, qui avait trop bu. Je me suis rapidement retiré pour m'enfermer dans mon pavillon et ne plus entendre cette bande de roquets. À peine la tête sur l'oreiller, je dormais.

— Un sommeil tranquille ? demanda Higgins.

— De plomb ! Je me suis réveillé en pleine forme.

— N'auriez-vous pas remarqué un détail insolite, dans la salle à manger ?

L'Autrichien réfléchit longuement.

— Non… Ah, si ! Une robe accrochée au mur. Rouge ou bleue, je ne me souviens plus. « Celle de mes fiançailles », a commenté Audrey.

— Était-elle toujours à son emplacement, lundi matin ?

— Je ne crois pas… Mais le moment était si particulier que je n'y ai pas prêté attention ! On attendait tous la décision, on buvait en silence thé ou café, seul Carbait mâchonnait un toast. Le temps s'écoulait, pas d'Audrey Wani ! Alors, j'ai compris. « Nous sommes tous recalés, messieurs. Aucun de nous n'a trouvé grâce aux yeux de notre hôtesse. Il ne nous reste plus qu'à quitter immédiatement les lieux. » Sans me préoccuper de leurs réactions, je me suis rendu au garage.

— Vous ont-ils suivi ?

— Tous, sans exception. Nous sommes montés dans nos voitures et avons démarré en trombe. Humiliation terminée.

La voix de l'aristocrate tremblait d'indignation. La crème brûlée et un grand verre de rouge italien le réconfortèrent.

— Pendant votre séjour à Moonlight, questionna Higgins, avez-vous noté la présence d'un domestique ?

— Ni domestique, ni jardinier ! Audrey tenait à être seule avec nous. Elle s'est bien amusée, la garce ! Un beau week-end de distraction à nos dépens.

— Peut-être pas.

Légèrement éméché, l'Autrichien regarda Higgins d'un drôle d'œil.

— Vous n'avez pas plus ou moins parlé d'assassinat ?

— Cette hypothèse expliquerait son absence lundi matin.

— Quelle horreur ! J'en ai des frissons. Il me faut un digestif.

Un alcool de prune local apaisa Franz von Sigental.

— Vous n'avez pas une haute opinion de vos concurrents, me semble-t-il.

— Aucune envie de les fréquenter, c'est sûr ! Carbait, l'Écossais, une brute inculte qui n'aurait pas dû quitter ses Highlands. À part brouter de l'herbe et mugir, je ne lui vois pas d'autre talent. Sale caractère, à fuir. Arweit, un autre style. Fier de sa double ascendance, anglaise et indienne, il a récolté le pire des deux : perfide comme un Anglais, onctueux et susceptible comme un Indien ! Un mélange complètement raté, mais une vanité sans limites. Monsieur croyait tout savoir et ne savait rien. L'Italien, Giotanni, ne valait pas mieux. Une caricature de bellâtre méditerranéen, se jugeant irrésistible et nous considérant comme du menu fretin. Le roi des lasagnes et l'empereur des niquedouilles ! Rachenois, lui, s'est comporté en parfait Français : le plus beau du monde, son pays possède la plus belle avenue du monde, les meilleurs vins du monde, la meilleure équipe de football du monde, et j'en passe. La prétention du coq, qui chante les pattes dans le fumier, ce n'est pas une légende. Quant à l'Australien Colan, quel personnage ennuyeux ! Ses exploits sportifs, que j'ai le bon goût d'oublier, n'intéressaient que lui. Le genre de macho dépassé pensant séduire une Audrey avec sa musculature… Dérisoire.

— Sombre tableau, jugea Higgins.

L'Autrichien avala son troisième verre de prune.

— Je n'y pouvais rien, inspecteur. Et vous comprenez pourquoi je ne doutais pas de mon succès. Et cette humiliation…

— Si Audrey Wani a été assassinée, votre rancœur est injustifiée.

Une lueur anima les yeux de l'aristocrate.

— Ce n'est pas faux… J'aurais côtoyé, moi, un criminel ?

— À titre de témoin, qui soupçonneriez-vous ?

Mains posées à plat sur la table, Franz von Sigental se concentra.

— Vous me demandez d'accuser quelqu'un, sans preuve ?

— Nullement, je sollicite votre intuition. Et vous n'êtes pas obligé de me répondre.

Nouveau temps de réflexion.

— Tuer une femme aussi merveilleuse qu'Audrey, ça exige de la bestialité et un manque absolu de sensibilité. Autrement dit, l'Écossais Carbait.

Tout au long du déjeuner, Higgins avait pris de nombreuses notes. Et ses craintes se confortaient.

— Vous sentez-vous en état de conduire, monsieur Sigental ?

— Vu le parcours, on roulera au pas. Merci de votre invitation.

La Portofino retourna à la ferme abandonnée, sans anicroche. L'Autrichien descendit de la Ferrari en titubant.

— Je m'offre une petite sieste. Ravi de vous avoir connu, inspecteur.

Bug Bugsy était à son poste.

— Vous désirez sans doute déjeuner ? s'inquiéta Higgins.

— À midi, je mange un sandwich au poulet que je prépare moi-même et je bois de l'eau minérale gazeuse. L'heure de repos réglementaire ayant été observée, je suis de nouveau en service. Où allons-nous ?

— Tout près d'ici. Accordez-moi un instant.

Higgins pénétra dans la pièce à vivre. L'Autrichien était déjà allongé sur son lit de camp.

— Pardonnez-moi de vous importuner, j'ai oublié de vous poser une question : connaissez-vous Abercrombie Northgate ?

— Jamais entendu ce nom-là.

— 15 —

Aux mains de son conducteur imperturbable et d'une prudence exemplaire, la Land Rover se dirigea vers le lieu-dit les Évanouis. Grâce au GPS, aucune erreur d'orientation, et moins d'une demi-heure de trajet en pleine canicule. La température atteignait trente degrés, la campagne du Gloucestershire souffrait avec dignité.

Bordant l'entrée d'un chemin de terre, un petit oratoire abritant la statuette d'une Vierge et une fontaine. L'endroit avait un caractère idyllique. Des frênes, des fleurs sauvages, des chants d'oiseaux. Et, au terme de la voie étroite, une clairière où trônait une caravane de belle taille.

La Land Rover s'immobilisa.

— Je suis en service jusqu'à dix-huit heures, indiqua Bug Bugsy. Ensuite, nous passons en régime d'heures supplémentaires. Je n'y suis pas hostile, mais je souhaiterais une perspective claire.

— Vous me raccompagnerez chez moi avant l'instant fatidique, garantit Higgins. En revanche, demain et après-demain, nous partirons pour Windsor, puis nous nous rendrons à Londres, et vos journées seront intenses.

— Ce régime spécial est prévu.

Bugsy rassuré, l'ex-inspecteur-chef frappa à la porte de la caravane, posée sur des blocs de ciment. À l'abri d'un auvent, une Aston Martin assez âgée.

L'homme qui ouvrit était un Anglo-Indien de vingt-trois ans, au visage d'ange et au sourire enjôleur. Vêtu d'une fine chemise orange et d'un pantalon blanc bouffant, chaussé de sandales de cuir vert, il avait une allure d'éternel adolescent. De petite taille, environ un mètre soixante-cinq, il toisa l'importun.

— Mais où faut-il se réfugier pour être tranquille ! Vous êtes qui ?

— Inspecteur Higgins, Scotland Yard.

— La police ? Je suis en règle ! Je paye ponctuellement mon loyer au propriétaire de ce terrain, vous pouvez vérifier !

— Je n'en doute pas.

— Alors, vous me voulez quoi ?

— Vous êtes bien Edmund Arweit ?

— Qu'est-ce qu'on me reproche ?

— Pour le moment, rien.

— En ce cas, décampez !

— Moonlight et Audrey Wani : acceptez-vous d'en parler ?

Le visage d'ange tourna au vinaigre et l'éternel adolescent prit un coup de vieux.

— C'est fini, oublié !

— Pas pour moi, monsieur Arweit.

— À cause de quoi ?

— Audrey Wani a disparu, et Scotland Yard craint qu'elle n'ait été assassinée.

— Disparue… Assassinée… Vous divaguez ?

— Espérons-le. Votre témoignage sera peut-être essentiel. M'autorisez-vous à entrer ?

Le jeune homme hocha la tête.

Un intérieur plutôt confortable, même si l'espace était réduit. Minuscule cuisine bien équipée, salon avec canapé-lit à fleurettes, télévision, ordinateur, bouquets de fleurs, salle de douche et toilettes. Une agréable odeur d'eau de Cologne. Et, contre deux parois, des piles de fausses bombes aérosols au nom d'Oxydose et ornées d'un logo représentant une lune croissante.

— Mon job, expliqua Arweit. Gravement polluée, notre planète manque d'air frais. Les pires endroits ? Pékin, New Delhi, Oulan-Bator, Le Caire et tant d'autres villes ! Les gens respirent de l'air mort et tombent malades. La croissance, c'est notre nouvelle croyance, et à quel prix ! Moi, je lutte à ma mesure en vendant cette boisson. Regardez la lanterne, au-dessus du croissant lunaire : elle symbolise la lumière et la vie renaissante. « Cette lanterne vous représente la lune, écrivait Shakespeare dans *Le Songe d'une nuit d'été*[1], et moi-même je suis censé être l'homme qu'on voit dans la lune. »

Edmund Arweit rit nerveusement et tourna sur lui-même, tel un danseur étoile.

— La vie, c'est l'air ! Mon produit contient du soda et de l'oxygène, lequel lui confère des vertus remarquables.

1. Acte V, scène I.

Première cible : les femmes enceintes. J'ai envoyé un dossier à l'OMS afin que mon élixir soit reconnu comme un médicament indispensable, prescrit par les autorités sanitaires. Les premiers résultats des ventes sont encourageants, et je convaincrai le monde entier.

— Dans l'immédiat, estima Higgins en observant le logement, vous vivez de façon modeste.

— Un choix délibéré, inspecteur ! Pourquoi m'empoisonner en respirant l'air pollué d'une ville ? Le Royaume-Uni n'est pas moins touché que le reste de la planète ! Grâce aux moyens de communication modernes, on peut travailler n'importe où. Et ce coin de paradis me convient à merveille. La beauté de la nature, l'air embaumé, le silence, des nuits paisibles… Que réclamer de plus ? Si on m'offrait un appartement de grand luxe à Londres, je le refuserais. Voilà six mois que je me suis installé ici, et j'ai l'intention de m'incruster.

— La proximité de Moonlight a-t-elle été déterminante ?

— 16 —

Edmund Arweit but un verre d'eau dans sa cuisine, puis, du bout des fesses, s'assit sur son canapé.

— Je n'y ai pas songé une seconde. C'est vous qui m'en faites prendre conscience. Au fond, après ce que j'ai subi à Moonlight, j'ai moins envie de séjourner ici. On étouffe, non ? Si on se promenait dans le bois ?

— Volontiers.

Les deux hommes sortirent de la caravane.

— Votre Aston Martin n'est pas toute jeune, remarqua Higgins ; elle roule encore ?

— Très bien ! Je suis un bon mécano, et comme ce modèle n'est pas bardé d'électronique, je réussis à l'entretenir.

— Et vous l'avez utilisée pour vous rendre à Moonlight, samedi dernier ?

— Bien entendu.

— Une étrange convocation ?

— Le mot est faible ! Comment ai-je pu perdre la tête à ce point ? Incroyable, inspecteur : une femme que je n'ai jamais rencontrée m'invite chez elle et me propose de participer à un concours, dont le gagnant deviendra son compagnon ! Son compagnon, pas son mari. Et sans aucun droit sur elle. Avant la bataille, un contrat à signer. Hypnotisé, j'ai accepté.

— Hypnotisé ?

— Par la photo d'Audrey Wani, jointe au dossier qu'elle m'a envoyé. Je suis tombé amoureux. Et quand je l'ai vue en vrai, j'ai été envoûté. Jusqu'à présent, je n'ai eu que de brèves aventures. Cette fois, en un instant, j'ai su qu'elle serait la femme de ma vie. J'aurais signé n'importe quoi pour vivre avec elle, sans discuter ses conditions.

— Une signature insuffisante, rappela Higgins, car il fallait sortir vainqueur de la compétition.

— J'en avais la ferme intention !

Les deux hommes progressèrent lentement sur le sentier des Évanouis, à éviter la nuit, de peur d'être agressé par des fantômes redoutables. Dès que nécessaire, Higgins s'immobiliserait quelques instants afin de prendre des notes.

— Racontez-moi votre séjour à Moonlight.

— Je suis arrivé en voiture à quatorze heures, comme prévu. Deux véhicules me précédaient, trois me suivaient. Et je l'ai vue, sur le perron ! Encore plus belle que sur la photo et dans mes rêves ! Et cette voix, quel enchantement... Une déesse, c'était une déesse ! Elle nous a demandé de nous garer, et c'est la première fois que j'ai croisé mes adversaires.

— Vous n'en connaissiez aucun ?

— Aucun.

— Vous êtes-vous salués ?

— Ah non ! Je les ai tous détestés dès la première seconde. Si j'avais eu un fusil et si j'avais su tirer…

— Ce n'est pas le cas ?

— J'ai horreur des armes à feu et je milite pour l'interdiction de la chasse.

— Des domestiques, au château ?

— Non, aucun. Elle, seule avec nous. Je ne sais plus qui a eu l'audace de lui demander le « programme ». Souriante et détendue, Audrey a répondu avec précision. Quartier libre jusqu'au dimanche soir. Nous devions nous entendre pour préparer le dîner décisif. Lundi matin, au breakfast, elle nous annoncerait sa décision. Auparavant, un entretien privé avec chacun de nous. Le mien avait été fixé le samedi, à dix-huit heures.

— Où résidiez-vous ?

— Audrey nous a conduits à nos pavillons respectifs. Quel confort, quel luxe ! Un vrai conte de fées. Caviar et champagne à profusion, un écran géant, un lit immense… Je ne suis pas sorti de ce cocon, de manière à éviter les autres. J'ai regardé des films d'aventures à la télévision, mangé, bu et dormi en songeant à l'avenir merveilleux qui m'attendait. Surtout, prendre des forces et me montrer au meilleur de moi-même.

— Et cet entretien privé ?

— Une rude épreuve, inspecteur ! Elle voulait tout savoir de moi, et j'étais tellement impressionné que j'en bafouillais. Mais Audrey fut si tendre, si attentive, que je suis parvenu à me décontracter. Et puis je n'avais rien à cacher. Je lui ai parlé de ma mère anglaise et de mon père indien, décédés lors d'un accident de voiture au Pendjab, il y a un an, de mon profond chagrin, de mes petites amies éphémères et de l'invention de mon soda oxygéné. Et j'ai tenté de la persuader, sans trouver les bons mots, que ce concours, pour moi, n'était pas un jeu.

— Comment Audrey Wani a-t-elle réagi ?

— Indéchiffrable, un total self-control ! Impossible de dire si je l'ai émue ou non. Ces deux heures en sa compagnie ont passé vite, trop vite, mais resteront à jamais gravées dans ma mémoire. Elle m'appartenait un peu, à moi, et à moi seul.

Un geai lança son cri et survola les promeneurs. À l'abri des arbres, la chaleur était moins insupportable.

— À la suite de cet entretien, avança Higgins, vous vous êtes donc enfermé dans votre pavillon, sans avoir envie de découvrir Moonlight, jusqu'au rendez-vous du dimanche après-midi, à la cuisine du château ?

— En effet.

— Avez-vous trouvé un accord pour la préparation du dîner ?

— Non, plutôt un désaccord !

— 17 —

Edmund Arweit rassembla ses souvenirs.

— D'abord, brouhaha général. Chacun, à part moi, voulait prendre la direction des opérations. Puis l'intervention de l'Italien, Giotanni : « Que savez-vous mijoter, vous autres ? Moi, les meilleures lasagnes du Piémont ! » Interruption tranchante de Rachenois, le Français : « Je suis le spécialiste de la pintade au four. Et il y en a dans le congélateur. Vous autres, vous éplucherez les légumes frais. On complétera le menu avec du fromage blanc et des sorbets. Les vins, je les choisis. » Carbait a tenté une percée : « Mangeons à l'écossaise, je m'occupe de tout. » Unanimité contre lui ! Il a boudé dans son coin. Pendant que l'Italien et le Français s'affairaient aux fourneaux, j'ai participé à l'épluchage. Atmosphère glaciale. On a dressé la table dans une immense salle à manger, digne d'un palais. Vers vingt heures, Audrey est apparue. Apéritif au champagne, croustillants au saumon. L'Italien a apporté ses lasagnes, on s'est assis, et elle a exigé que chacun se présente brièvement. Certains ont dû répéter leur nom, parce qu'ils parlaient trop vite. Et l'interrogatoire a débuté, interrompu quand on servait. Mille et une questions : les dates de la guerre de Trente Ans, la hauteur de la Grande Pyramide de Kheops, la superficie de la mer Rouge, le nombre de cantates de Bach… On bataillait pour briller, soit parce qu'on savait, soit en lançant des chiffres au hasard. Elle nous regardait, comme une dompteuse aurait observé des animaux de cirque. J'ai tenté ma chance, sans grand espoir, car j'ignorais les bonnes réponses. Le plus excité, c'était Carbait. Il tentait sans cesse de s'imposer et criait plus fort que les autres ; excédé, le Français Rachenois lui a ordonné de se calmer. Ils ont failli en venir aux mains, l'Italien les a séparés, aidé de Dykter, l'Australien, un type plutôt costaud. La température est retombée sous l'œil amusé d'Audrey. Dès qu'on a attaqué les pintades, nouvelle salve de questions concernant divers domaines, de la peinture à l'astronomie en passant par l'histoire. Cette fois, nous avons tenté de nous exprimer posément, l'un après l'autre. J'étais toujours aussi médiocre, mais j'ignore si mes adversaires répondaient correctement, en dépit de leur assurance. Au moment du fromage blanc, et pendant le dessert, changement de registre : nous avons été conviés à décrire notre caractère. Sigental, l'Autrichien, a refusé tout net. « Que chacun me juge comme il l'entend, je m'en moque », a-t-il déclaré. Quel bonhomme prétentieux, rempli de lui-même ! Au moins, il s'éliminait ainsi de la compétition. Dykter s'est sabordé, lui aussi, en regrettant d'être incapable d'analyser ses qualités et ses défauts. Jamais il ne s'était interrogé sur lui-même. Un gaillard épais, sans don de séduction. L'Italien Giotanni, tout le contraire ! Brillant causeur, s'estimant pétri de talents variés, il ne déplorait que son enthousiasme parfois injustifié. Rachenois, le Français, a cité je ne sais quel philosophe, spécialiste de la connaissance de soi, mais n'a rien dit sur lui-même ! Quant à Carbait, il a vanté son courage et regretté sa naïveté. Cette naïveté-là, j'en doute.

— Pourquoi ? s'étonna Higgins.

— Ce bonhomme m'a troublé. On aurait juré un volcan sur le point d'exploser. À mon avis, sa violence était prête à se déchaîner contre une personne qui l'exaspérait : Audrey Wani.

— Des éléments concrets ?

— Non, juste une sensation, mais intense ! J'aurais dû… j'aurais dû la mettre en garde, je n'ai pas osé.

— Ne l'avez-vous pas jugée un peu… cruelle ?

— Cruelle, Audrey ? Oh non ! Elle désirait nous connaître et nous mettre à l'épreuve afin de choisir le meilleur d'entre nous. Ce serait injuste de le lui reprocher !

— À votre avis, qui préférait-elle ?

Edmund Arweit arracha une feuille d'érable et la malaxa entre ses doigts.

— Il m'a semblé qu'un de ses regards s'attardait sur moi, mais ce n'était peut-être qu'une illusion. Un mauvais vent se lève, un orage se prépare. Rebroussons chemin.

Arweit exagérait. Néanmoins, Higgins accepta.

— Comment ce dîner s'est-il terminé ?

— Vers minuit, Audrey s'est levée et nous a intimé l'ordre de regagner nos pavillons, après avoir desservi. Lundi, au breakfast, elle donnerait le nom du vainqueur.

— N'auriez-vous pas remarqué un détail insolite dans la salle à manger ?

— Insolite… si l'on veut ! Une robe de fiançailles, d'après Audrey. Pourtant, un vêtement tout simple, exposé sur un mur.

— Sa couleur ?

— Violette… ou bleue.

— Était-elle encore à sa place, lundi matin ?

L'Anglo-Indien hésita.

— Honnêtement, je ne sais plus. Nous étions tous tellement ulcérés par l'absence d'Audrey que je n'ai pas prêté attention au décor. À l'évidence, elle n'avait pas honoré son rendez-vous parce que aucun de nous ne la satisfaisait. Quel choc ! Un seul réconfort : je perdais, mais aucun autre ne gagnait.

Émoustillé par ce souvenir, Edmund Arweit pressa brusquement l'allure.

— Les autres, tout le malheur du monde ! Que venaient-ils faire là, ces cloportes ? Un jeu, un simple jeu… Mais moi, je l'aimais, ma déesse ! Et ils n'avaient pas le droit de me la voler !

— 18 —

C'est à la vue d'un arbre mort qu'Arweit sortit de sa transe. Il se tourna vers Higgins.

— Qu'est-ce que j'ai raconté ?

— Vos émotions.

— Tout se mélange dans ma tête... Audrey n'est pas venue au breakfast du lundi, alors que j'avais rêvé d'elle la nuit durant.

— Vous n'avez donc pas quitté votre home temporaire ?

— J'avais trop bu, trop mangé, trop parlé, et je me suis écroulé sur mon lit ! Une angoisse : ne pas me réveiller, ne pas être au rendez-vous où elle annoncerait que... que...

— Que vous étiez l'heureux élu ? suggéra Higgins.

— Je n'ai pas réussi à dormir et je n'ai songé qu'à cet instant magique où le rêve deviendrait réalité. Au fond de moi, une certitude : je n'avais pas su répondre à ses questions, mais elle s'en moquait. Ce n'est pas un érudit qu'elle recherchait. Je l'avais séduite parce que j'étais tombé amoureux d'elle, et qu'elle le savait. Les autres, de pitoyables jongleurs !

— À aucun moment vous n'êtes sorti de votre pavillon ?

Cette insistance parut surprendre Edmund Arweit.

— Sorti... Oh non, inspecteur ! Dans ce cocon, je me préparais au grand moment. Et puis il est arrivé, se transformant en tragédie. Elle, absente. Elle, qui me refusait. J'étais tellement désemparé que j'ai cédé aux injonctions du nobliau autrichien, vexé et en colère, qui a jugé qu'Audrey se moquait de nous et que notre reste de dignité nous imposait de partir au plus vite. Ce fut comme une vague, et j'ai suivi le mouvement. Les moteurs ont vrombi, et le convoi est sorti de Moonlight à vive allure.

Des oiseaux chantaient à tue-tête. L'un d'eux répétait un trille avec une énergie inépuisable, sans doute pour séduire sa belle.

Tout en continuant à marcher d'un bon pas, le jeune homme s'exprimait d'une voix lancinante et monocorde.

— À la réflexion, avoua-t-il, je déteste cette clairière. Dans quelque temps, j'irai m'installer ailleurs. Mais je dois d'abord retourner à Moonlight.

— Pour quelle raison ? s'inquiéta Higgins.

— Convaincre Audrey de m'épouser. Cette fois, plus de concours. Elle m'écoutera, j'en suis sûr.

— Mlle Wani a disparu, rappela l'ex-inspecteur-chef.

— Non, elle se cache.

— De qui aurait-elle peur ?

— Sûrement de l'Autrichien. Un von Sigental ne supporte pas l'humiliation et veut se venger. Et puis aussi du baroudeur australien, ce Colan sans foi ni loi.

Et je n'oublie pas le charmant Italien, ce Giotanni à qui aucune femme n'a le droit de résister. À la suite de son refus, Audrey était forcément en danger. Alors, elle s'est mise à l'abri.

— Aucune idée de l'endroit ?

— Malheureusement, aucune ! Sinon, je serais déjà auprès d'elle.

— Puisqu'elle ne réside plus à Moonlight pour le moment, inutile de vous y rendre.

L'argument ébranla Arweit.

— Et si quelqu'un me renseignait ?

— Abercrombie Northgate, par exemple ?

— Qui est-ce ?

— Sans importance.

— Scotland Yard fait-il vraiment le nécessaire ?

— Le service des personnes disparues a été alerté, et je recueille des éléments qui pourraient nous permettre de retrouver Mlle Wani.

À la vue de sa caravane, les yeux d'Edmund Arweit se révulsèrent.

— Maintenant, je sais ! Elle est morte. Je ne la reverrai jamais. Ma vie est brisée.

Pendant une bonne minute, la respiration fut saccadée ; puis il reprit son souffle, et le regard s'apaisa.

— Je suis prêt à tout entendre, dit Higgins, d'une voix chaleureuse et réconfortante. En certaines circonstances, on commet des actes que l'on regrette ensuite amèrement. Je ne suis pas ici pour vous juger, mais afin de découvrir la vérité. Une vérité que vous connaissez, n'est-ce pas ?

Le jeune homme leva les yeux au ciel.

— Oui, oui, je la connais…

Un long silence.

— Je la connais, répéta Edmund Arweit, soudain furieux : un monstre a enlevé et tué mon Audrey ! Mon Audrey, perdue pour toujours !

— Et vous n'êtes nullement impliqué dans ce crime ?

— Comment osez-vous proférer une pareille horreur !

L'Anglo-Indien courut jusqu'à son logis, et en claqua la porte.

Sur l'une des pages de son carnet noir, l'ex-inspecteur-chef écrivit : « Veuillez ne pas quitter cet endroit jusqu'à nouvel ordre. Surveillé en permanence, vous n'avez aucune chance de vous enfuir. Et puisque vous êtes innocent, vous n'avez aucun motif pour agir ainsi. »

Il la déchira, la roula et la ficha dans le trou de la serrure.

Au volant de la Land Rover, Bug Bugsy n'avait pas bougé.

— Je vous ramène chez vous ?

— S'il vous plaît. Demain, à six heures, nous partons pour Windsor.

— La feuille de route sera en règle.

— 19 —

Voyant un Higgins soucieux, Mary se félicita d'avoir envisagé un dîner simple, mais revigorant : grillade de filet de veau accompagnée d'une sauce aux morilles, purée de légumes onctueuse à souhait, mousse à la pistache. L'ex-inspecteur-chef choisit un pauillac, aux fins tanins et à la finale épicée.

Cachés sous la table de la salle à manger, Geb et Trafalgar, conscients du trouble de l'enquêteur, attendirent qu'il absorbât une gorgée du breuvage pour se manifester. À peine avaient-ils bénéficié d'un canapé au saumon sauvage que Mary apparut avec la grillade.

Conformément à son code de bonne conduite, Higgins s'était habillé de manière convenable, après une longue douche brûlante.

— Alors, interrogea la gouvernante, quels résultats ?

— Ambigus.

— Vous doutez encore du crime ?

— Honnêtement, non.

— C'est déjà ça ! Les voyantes, elles, sont formelles et unanimes. Avec le nombre d'affaires non résolues, on n'apercevra peut-être jamais la queue du loup !

— Je n'ai encore qu'une vue très partielle des événements. Deux témoignages, c'est insuffisant.

— Ils n'ont pas l'air de vous réjouir !

— Confusions et contradictions ne me facilitent pas la tâche.

— J'ai préparé vos bagages. À Windsor et à Londres, ne traînez pas. La capitale est devenue infernale. Et vous avez un assassin à dénicher.

À l'issue de ce délicieux repas, Higgins se promena avec Geb, tandis que Trafalgar digérait dans son couffin. Pas un souffle d'air, une moiteur accablante. Et le visage d'une ravissante jeune femme, qui commençait à devenir obsédant. Se sentant définitivement engagé dans cette affaire, l'ex-inspecteur-chef ne lâcherait plus prise.

⋆

Le breakfast de Mary était un vrai régal : toasts grillés à point, confitures de framboises et de myrtilles du jardin, jambon d'York, petits pois du potager au lard, compote de pommes du verger, pur arabica torréfié par un spécialiste local, et une flûte de champagne rosé pour assurer la digestion. À cet instant très matinal, le chat dormait encore, et le chien, à peine éveillé, s'était contenté de grignoter avant de se mettre en boule aux pieds de son maître.

— Comme convenu, annonça à Higgins une Mary en pleine forme, j'ai contacté vos suspects en leur fixant un rendez-vous selon votre listing. Ils sont tous chez eux et acceptent de vous recevoir à l'heure prévue. Et ce n'est pas tout : voici le message qu'a envoyé votre collègue Marlow. Il va falloir que je change d'ordinateur et d'imprimante. Ils ont déjà un an et ne sont plus assez performants. Bon, puisque vous êtes en vadrouille, je m'occupe de l'arrosage du potager, avant que le soleil ne tape.

Aussi consciencieux qu'honnête, le superintendant avait collecté un maximum de renseignements sur Audrey Wani, activement recherchée par le service compétent. Il en obtiendrait d'autres à propos des six invités à Moonlight, mais sa démarche était retardée à cause de conflits administratifs et d'une série de pannes informatiques.

En lisant le rapport détaillé, Higgins constata l'exactitude des propos de l'intendant du domaine, Abercrombie Northgate. « La petite », comme il l'appelait, avait probablement un cœur d'artichaut et une sensibilité exacerbée en raison de la mort de son père et de la souffrance que lui causait la solitude, mais sa carrière, fulgurante, la plaçait au sommet de la finance mondiale, du côté occulte. Audrey ne cherchait ni à briller ni à se montrer, et fuyait les médias. Pas d'interview dans sa baignoire, aucune déclaration publique. La jeune femme, à l'activité débordante, nouait des contacts avec les vrais décideurs, pendant que des guignols paradaient sur le devant de la scène et s'enivraient de leurs propres discours, écrits par d'autres. Les mutations économiques s'amorçaient dans des clubs très fermés, et les gouvernements, comme le bon peuple, les subissaient. Malgré son jeune âge, Audrey Wani appartenait aux cercles les plus influents. Indéniablement, la fille avait dépassé le père, pourtant un requin de grande taille, et avait déjà doublé sa fortune.

Et personne ne se méfiait d'elle. Belle, douce, dotée d'un charme irrésistible, elle brisait les défenses de ses adversaires, fussent-ils revêches, expérimentés et méfiants. Tous croyaient pouvoir la contrôler ou la manipuler, et tous finissaient sous sa coupe.

Ni vice connu, ni vie sentimentale. La drogue d'Audrey, c'était le travail et les voyages professionnels. Un jardin secret : Moonlight, où elle s'accordait de rares moments de répit.

À six heures moins une minute, la Land Rover que conduisait Bug Bugsy s'immobilisa devant le grand portail. Porter une valise ne figurant pas parmi ses attributions, il attendit son passager, qui fut ponctuel et déposa lui-même ses bagages dans le coffre, avant de s'installer à l'arrière du véhicule.

— Bonjour, monsieur Bugsy. Avez-vous passé une bonne nuit ?

— Ma vie privée ne concerne que moi. L'adresse exacte où nous nous rendons, je vous prie.

Higgins la lui donna, le chauffeur la programma et démarra en souplesse, direction Windsor.

— 20 —

Windsor : le nom d'une ville qui faisait rêver les admirateurs de la monarchie britannique. Un peu partout, le terme « Royal » trônait, conférant une allure particulière aux boutiques de souvenirs, aux restaurants et aux pubs.

En bâtissant une forteresse en bois sur un promontoire qui dominait un méandre de la Tamise, Guillaume le Conquérant se doutait-il que le bâtiment de 1070 aurait une postérité remarquable ? Malgré de nombreux agrandissements au cours des âges, le château avait gardé un aspect médiéval, que certains jugeaient rébarbatif. C'était pourtant une résidence qu'appréciait Élisabeth II, qui avait appris à monter à cheval dans le grand parc. L'immense hall St. George, au plafond de chêne en forme de carène renversée et orné des blasons de l'ordre de la Jarretière, accueillait des banquets officiels où se déployaient les fastes de la royauté.

Des fastes que ne partageaient pas les employés du château, se plaignant, sans grand succès, de leurs salaires de misère. Quant à la ville de trente-deux mille habitants, elle n'avait rien de grandiose et cédait, comme tant d'autres, à la mode des start-up vouées aux nouvelles technologies, dont beaucoup mettaient rapidement la clé sous la porte.

Impossible de circuler dans le centre de la cité, victime de perpétuels embouteillages ; et les touristes étaient assez surpris de croiser, non loin du château, d'authentiques clochards.

Par chance, Dykter Colan habitait à la périphérie. Quartier pauvret, maisonnette en brique précédée d'un jardinet mal entretenu.

Bug Bugsy stoppa et posa les mains à plat sur ses cuisses. Immergé dans sa vie intérieure, il n'avait pas prononcé un seul mot pendant le trajet et, puisque la journée était programmée, ne demanda pas à Higgins la durée, même approximative, de son attente.

Ce dernier sonna et patienta un long moment.

Enfin, on ouvrit.

Un homme âgé de vingt-quatre ans, un mètre soixante-quinze, les yeux bleus, le visage carré, l'allure sportive, souriant. Casquette marron, tee-shirt orange laissant apparaître sa musculature, pantalon de brousse aux multiples poches.

— Vous êtes la police ?

— Inspecteur Higgins, Scotland Yard. M. Dykter Colan, je présume ?

— Oui, c'est bien moi. D'accord, j'ai fait une grosse bêtise. Mais j'ai des circonstances atténuantes. Entrez, je vais vous expliquer.

Un vestibule encombré de sacs à dos, puis une pièce d'environ trente mètres carrés où étaient exposées horloges et pendules anciennes.

Colan s'assit sur un tabouret.

— Je ne sais pas ce qui m'a pris. D'ordinaire, je contrôle mes pulsions. Cette fois, j'en ai été victime ! Je vais le payer cher, très cher, et ce sera mérité.

Il peinait à s'exprimer. Higgins allait-il recueillir les aveux d'un assassin, se libérant d'un poids trop lourd sur sa conscience ? Face à ce désarroi, il observa un silence compréhensif, examinant une à une les pièces de collection rassemblées dans ce modeste local. Qualité des bois et des métaux, feuilles d'or, ornements sculptés, mécanismes datés et signés... Chacun de ces objets raffinés valait une petite fortune. Aucun, cependant, ne fonctionnait. Horloges et pendules étaient arrêtées à des heures différentes. Et il en allait de même pour une centaine de montres, véritables petits bijoux, disposées avec soin sur une table basse.

— Je n'étais pas dans mon état normal, confessa Dykter Colan. Ça ne justifie pas mon geste, je sais, mais ça permet de le comprendre. Je ne suis pas une tête brûlée, inspecteur. Si vous saviez...

— Je ne demande qu'à apprendre.

— En Australie, où je suis né, on a le goût de l'aventure ! À mon âge, j'ai déjà été servi. À quatorze ans, je jouais avec mes copains dans le jardin de mes parents. On se cognait dessus avec des bâtons. L'un d'eux m'a désarmé, j'ai cru ramasser le mien et... j'ai empoigné un serpent qui m'a mordu au bras !

Trois jours de coma à l'hôpital. À seize ans, randonnée au Colorado avec une équipe d'écologistes. La nature, j'adore ! Je m'éloigne du campement pour satisfaire un besoin naturel, et je tombe sur un ours brun, de mauvaise humeur. En me roulant en boule et en jouant le mort, je n'ai eu droit qu'à quelques coups de griffe, qui m'ont quand même laissé des traces. Regardez !

Dykter Colan se releva, se retourna et souleva son tee-shirt. Une jolie série de cicatrices striait son dos. Il se rassit, toujours tête basse.

— À Hawaï, ajouta-t-il, je participais à une compétition de planche à voile. Un requin-tigre, long de deux mètres, m'a happé la jambe gauche. J'ignore comment j'ai trouvé les forces nécessaires pour nager jusqu'à la côte d'une île. Quarante mètres qui m'ont paru interminables. En touchant terre, une angoisse : que restait-il de ma jambe ? Un vrai miracle : juste quelques points de suture !

— Vous êtes à la fois résistant et chanceux, estima Higgins.

— Le danger ne m'effraie pas, et la pratique de nombreux sports m'a appris l'endurance. Pas question de s'incliner devant l'adversité. Au moins, lutter jusqu'au bout et croire à l'impossible. Jusqu'à présent, ça m'a réussi ! Mais à trop tirer sur la corde, elle risque de casser. Et ce coup-là, j'ai dépassé les bornes et je vais devoir régler l'addition.

— 21 —

Higgins prit des notes. Dykter Colan ferma les yeux et se recueillit. Dans quelques secondes, cette triste affaire serait sans doute résolue.

— Une drôle d'histoire, reprit le jeune homme. Le week-end dernier, j'ai séjourné dans une belle propriété du Gloucestershire, à l'occasion d'une fête un peu particulière. Lundi matin, départ. À cause d'un événement imprévu, j'ai été troublé et, avant de prendre le volant, j'ai bu un whisky. Un grand verre, peut-être deux, alors que je ne supporte pas bien l'alcool. Embrumé, j'ai conduit vite. Trop vite. Ça aurait pu passer mais, à deux ou trois miles de Windsor, j'ai raté un virage et percuté la barrière d'une villa. Perdu, je me suis enfui en abandonnant le véhicule, salement amoché. Quelle idiotie ! Puisqu'il s'agissait d'une voiture de location, une Fiat, on me retrouverait forcément. Et vous voilà. Conduite en état d'ivresse et dégradation de matériel, ça me vaudra combien ?

— Avec un bon avocat et une présentation biaisée des faits, vous serez presque innocenté.

Les yeux de l'Australien brillèrent.

— Vous… vous croyez ? Mais je vous ai tout avoué !

— Pas encore.

— Mais si, je vous jure !

— Je m'intéresse aux circonstances qui ont précédé votre accident.

— Ah… Vous aimeriez des détails ?

— Vous m'obligeriez.

— C'est important ?

— Audrey Wani a disparu, et je crains le pire.

— Audrey, murmura Colan, visiblement ému. Audrey… C'est quoi, le pire ?

— Un assassinat.

L'Australien ouvrit de grands yeux.

— Audrey, assassinée… Impensable ! En êtes-vous certain ?

— Il m'est interdit de vous révéler les éléments de l'enquête.

— Bien sûr, bien sûr… Mais vous n'en doutez pas et vous en savez déjà long ! Au fond, je ne suis pas étonné. Audrey a joué avec le feu, et ce feu l'a dévorée. Ce jeu cruel, à Moonlight, une erreur fatale ! Et je suis coupable, comme les autres, d'avoir accepté cette convocation insensée.

— Connaissiez-vous Mlle Wani ?

— Avant cet étrange week-end, elle était venue dans la boutique que j'avais ouverte à Windsor. J'y vendais des montres, des horloges et des pendules rares, difficiles à dénicher, et acquises au terme de rudes négociations avec leurs propriétaires. Un énorme investissement, en grande partie à crédit, et une rentabilité décevante. Malgré mon site Internet, de trop rares clients. Parmi eux, Audrey Wani en personne. Elle m'a acheté un chef-d'œuvre du XVIIIe siècle, une pendule en bronze ornée de nymphes, provenant d'un château français. Malheureusement, cette acquisition n'a pas suffi à couvrir mes frais. J'ai résilié mon bail, entassé mon stock ici, et proposé une jolie horloge ronde, inspirée d'un modèle ancien, aux collèges britanniques. Tenez, celui-là !

Colan désigna un fort bel objet, épuré ; les chiffres eux-mêmes étaient élégants.

— Échec total, avoua-t-il. Et vous savez pourquoi ? Les élèves actuels ne savent plus déchiffrer un cadran ! Au pays de Big Ben, quelle honte ! Habitués à l'affichage numérique sur leurs smartphones, les ados sont perturbés par les aiguilles. Aussi le secrétaire général adjoint de l'association des directeurs d'école et d'université a-t-il préconisé d'ôter les horloges dites analogiques de nombreuses salles de classe. Mon projet tombait vraiment mal ! Mais je m'en tirerai en devenant antiquaire.

— Superbe collection, reconnut Higgins en s'intéressant à chacune des pièces.

Dans un coin, des housses molletonnées servant au transport des grandes horloges, tant appréciées naguère.

Soudain, le regard du jeune homme devint fixe.

— Pardonnez mon indiscrétion, inspecteur, mais… Ne portez-vous pas une montre de gousset ?

— En effet.

— Accepteriez-vous de me la dévoiler ?

Higgins la sortit de la petite poche spéciale de son pantalon.

L'Australien écarquilla les yeux.

— Ne me dites pas que vous l'avez trouvée à Londres, vous me tueriez !

— Rassurez-vous, c'est un bien familial, un chef-d'œuvre de l'horlogerie suisse.

— Vous... vous ne la vendriez pas ?

— Désolé, j'y suis habitué.

— Comme je vous comprends ! Notre monde a perdu le sens de la beauté et s'enlaidit chaque jour davantage. Autrefois, des merveilles enchantaient notre quotidien. À force de produire des robots, les humains deviennent eux-mêmes des machines affreuses, si affreuses ! Le Windsor moderne est affreux, lui aussi, mais il y a le château, incarnation de la royauté. Quand j'ai appris qu'un incendie avait failli le détruire, en 1992, quelle émotion ! Les pompiers ont lutté vingt-quatre heures et sauvé des trésors inestimables, tels des dessins de Léonard de Vinci et des tableaux de Rubens. Même s'il est impossible de voir la reine, j'aime habiter près de sa résidence préférée. Et c'est dans le jardin du palais que repose Willow, le dernier corgi de Sa Majesté. Les chiens meurent trop tôt, beaucoup trop tôt... Mieux vaudrait que leurs maîtres, quand ils sont indignes et les torturent, disparaissent avant eux !

— Même en ce cas, indiqua Higgins, un chien reste fidèle. Il ne manque pas d'exemples, dans divers pays, de chiens honorant la mémoire de leurs maîtres disparus. Si nous revenions à votre cliente, Audrey Wani ?

— 22 —

Avec minutie, Dykter Colan manipula l'une de ses montres anciennes, tandis que Higgins admirait une horloge en chêne massif, décorée de motifs végétaux. Provenance : Écosse.

— Ce n'est pas au magasin que j'ai revu Audrey, confessa l'Australien, mais chez elle, à Moonlight. Elle m'avait envoyé une invitation, assortie d'un invraisemblable protocole ! Mettre en compétition six chevaliers servants, n'en retenir qu'un pour vivre à ses côtés et l'accompagner dans ses déplacements, sans pour autant qu'il devienne son mari.

— Humiliant, non ?

— Ça dépend pour qui ! Et vous n'imaginez pas le charme d'Audrey. À peine ouvrait-elle la bouche qu'elle vous envoûtait. Une seule envie : la suivre au bout du monde, la voir évoluer, lui servir d'ombre. Et je n'étais pas le seul à réagir ainsi, puisque les cinq autres candidats avaient, eux aussi, signé le contrat ! Et qui pourrait les en blâmer ? Impossible de résister à Audrey.

— Quand vous êtes-vous rendu à Moonlight ?

— Samedi dernier, à quatorze heures. Personne n'était en retard. J'étais la troisième voiture.

— Un domestique vous a accueilli, je suppose ?

— Ah non, pas du tout ! Audrey elle-même nous attendait sur le perron et nous a indiqué la direction du garage.

— L'occasion de saluer vos concurrents.

— Occasion ratée ! Malgré la chaleur de cet été, climat glacial, pas un mot échangé. À mon avis, chacun pensait être le seul à se plier aux conditions d'Audrey.

— Et vous ne connaissiez aucun de vos cinq adversaires ?

— Aucun, inspecteur.

— Je suppose qu'Abercrombie Northgate vous a conduit au château ?

L'Australien parut étonné.

— Non, il n'y avait personne d'autre qu'Audrey. Et je n'ai croisé aucun domestique pendant mon séjour. Elle voulait rester seule avec nous. Qui est ce Northgate ?

— Sans importance. Votre logement ?

— Un pavillon confortable pour chacun. Le luxe m'a ébloui, et j'ai mis longtemps à comprendre qu'il ne s'agissait pas d'un mirage. Du caviar, du champagne, un équipement audiovisuel digne d'un professionnel, une décoration cosy, un lit où le pire des insomniaques aurait sombré… Nous étions reçus comme des rois !

— Vos obligations ?

— Un entretien individuel avec Audrey, la préparation du dîner du dimanche soir, et confrontation générale sous sa houlette. Pour le reste, quartier libre !

— Comment s'est déroulée votre entrevue privée ?

— Elle a eu lieu le samedi à vingt heures, dans mon pavillon. C'est idiot, mais je me croyais chez moi et j'avais préparé un apéritif avec les ingrédients trouvés dans la cuisine du pavillon : canapés de foie gras et de bélouga, tomates cerises, blanc de blanc millésimé. Une sorte d'euphorie me gagnait, j'évoluais dans une sphère irréelle. Et elle est apparue, à vingt heures précises, en robe blanche, s'arrêtant au-dessus des genoux. Mon Dieu, qu'elle était belle ! Partager cette intimité, quelle chance ! Et cette voix... Un instrument de musique, digne de Mozart !

— Quels sujets avez-vous abordés ?

— Elle m'a posé mille questions concernant mon passé, mes goûts, mes activités, ma vie sentimentale, et j'ai répondu spontanément, sans cesser de l'admirer. Je n'avais pas la sensation de passer un examen, mais d'ouvrir mon cœur sans être jugé. Son regard était doux, sa parole tranquille.

— Votre vie sentimentale est-elle... agitée ?

— Oh non, inspecteur ! Une copine de planche à voile, puis une surfeuse et, depuis mon installation à Windsor, plus personne. Trop de soucis matériels.

— Des commentaires d'Audrey ?

— Pas le moindre. Une écoute attentive, et un sourire, un sourire...

— Durée de l'entretien ?

— Deux heures pile. « À demain soir », m'a-t-elle dit en sortant, et sans avoir touché à rien ! Moi, j'ai été saisi d'une fringale et j'ai tout dévoré en buvant la bouteille de champagne ! Puis j'ai dormi tout habillé, jusqu'au dimanche matin, onze heures. Une légère migraine, mais un si beau souvenir !

— Vous avez exploré le domaine, je présume ?

— Eh bien non, inspecteur ! J'éprouvais tant de plaisir dans ce cocon que je n'avais envie ni d'en sortir ni de me heurter à l'un des cinq autres. Flottait encore dans l'air le parfum d'Audrey, la seule senteur que je désirais respirer. Vivre un bonheur pareil... Surtout, ne pas en gaspiller une seconde ! La nature serait toujours présente, mais Audrey... Les moments qu'elle m'avait accordés n'appartenaient qu'à moi et je voulais les retenir, au sein de ce pavillon de rêve.

— N'espériez-vous pas remporter ce curieux concours ?

— Une chance sur six, inspecteur.

L'Australien s'empara d'un chiffon de lin très fin et nettoya délicatement une montre à l'effigie d'une princesse autrichienne, tandis que Higgins détaillait des scènes de la vie paysanne gravées dans la loupe de noyer d'une horloge du XIXe siècle, fabriquée en Italie.

— Si nous en venions à cette soirée du dimanche ? proposa-t-il.

— 23 —

Colan poursuivit son nettoyage.

— Selon le protocole, nous avions rendez-vous à dix-sept heures à la cuisine du château pour préparer le dîner décisif. L'Italien Massimiliano Giotanni, spécialiste des lasagnes, et le Français Armand Rachenois, de la pintade au four, se sont imposés au détriment de l'Écossais John Carbait. L'affrontement fut plutôt sévère. N'ayant aucun don culinaire, je n'y ai pas participé. L'Autrichien Franz von Sigental a tranché et distribué les tâches. Moi, j'ai épluché des légumes et, avec le Français, j'ai servi la pintade pendant le repas. Un plat que je dégustais pour la première fois. Bien que très autoritaire, et tellement sûr de lui, l'Autrichien a ramené une forme de calme. Quand on est occupé, on a moins la tête aux bêtises. Et puis nous voulions montrer à Audrey de quoi nous étions capables. La table fut impeccablement dressée et le service correctement assuré.

— Qui a apporté les lasagnes ? demanda Higgins.

— L'Italien.

— Et qui a choisi le vin ?

— Le Français. Un grand bourgogne, d'après lui. Je n'y connais rien, mais je l'ai trouvé fruité. L'Écossais était préposé au fromage blanc, et Edmund Arweit, un Anglo-Indien, aux sorbets. À la fin du repas, nous avons tous desservi, et l'Italien a mis en marche un gigantesque lave-vaisselle ultramoderne. Si je peux vous citer les noms et les nationalités des convives, c'est parce que Audrey, après l'apéritif, nous a demandé de nous présenter. Une épreuve facile en apparence, mais nous l'avons plus ou moins ratée, à l'exception de Franz von Sigental. Bafouillage, hésitation, voix trop basse… On a dû répéter. Et ce n'était que le début du calvaire ! Regard bienveillant, sourire enchanteur, ton apaisant, Audrey nous a bombardés de questions plus difficiles les unes que les autres ! Tout y est passé : l'histoire, la géographie, la littérature, la musique, la peinture, la sculpture, l'architecture, l'économie, la politique, les sciences, l'informatique… À chaque fois, il fallait une réponse précise. Trop pointu pour moi, sauf à deux ou trois reprises. Grâce à une horloge ancienne, sur laquelle elles sont sculptées, je me souvenais du nom des neuf Muses. Vous auriez juré une classe d'élèves indisciplinés, voulant absolument plaire à leur professeure en lançant au plus vite la bonne réponse ! Entraîné par le mouvement général, j'ai moi-même cédé à la tentation. Au début, c'était Arweit le plus vif, s'affirmant comme monsieur Je-sais-tout. Puis il s'est usé. Sigental a tenté, en vain, de nous écraser de sa culture. Alliés, le couvrant de leurs voix, le Français et l'Italien l'ont contré. Et l'Écossais, tonitruant, n'était pas en reste.

— Audrey Wani saluait-elle les bonnes réponses ?

— Pas du tout, inspecteur ! Indéchiffrable, elle se contentait de relancer le jeu. Entre les plats, des moments de répit. Et ça repartait ! Le fromage blanc dans les assiettes, changement de tonalité. Cette fois, questions plus personnelles : comment vous évaluez-vous vous-même, quelles sont vos qualités et vos défauts ? Horriblement gênant, surtout devant des adversaires ! Franz von Sigental s'est exprimé le premier et a refusé de donner la moindre indication, estimant que son maintien suffisait à révéler sa personnalité. Avec morgue, il a déclaré que ce sujet ne l'intéressait pas et qu'il n'écouterait pas les confessions indécentes de ceux qui auraient le tort de se déboutonner.

— À commencer par vous ? questionna Higgins.

Dykter Colan nettoya une autre montre, datant de 1829.

— Jamais je ne me suis interrogé sur mes qualités et mes défauts, jamais je n'ai tenté de m'évaluer ! La vie m'a guidé, j'ai eu des coups durs et j'avance à ma manière. Pas brillant, mais je ne pouvais rien dire de plus.

— Massimiliano Giotanni fut-il prolixe ?

— Sacré causeur, qui se voit gâté par la nature, tant physiquement qu'intellectuellement ! « Ce n'est pas ma faute, a-t-il dit, si toutes les femmes me tombent dans les bras. » Unique défaut : un enthousiasme parfois excessif, qui l'entraîne sur des chemins sans issue. Bizarrement, ce garçon a tant de charme et de naturel qu'il ne semble pas prétentieux ! Rien à voir avec l'Autrichien. John Carbait, l'Écossais, a fait l'éloge du courage, la vertu majeure de son peuple, et déploré sa naïveté. Sa crédulité lui a causé de nombreux ennuis, mais il s'est toujours relevé et ne baisse les bras devant aucun défi. Sa vaillance affichée a impressionné l'assistance et…

La gorge serrée, Dykter Colan tripota son chiffon.

— Et j'ai eu l'impression qu'Audrey lui accordait une attention particulière.

— Impression ou certitude ? interrogea Higgins, penché sur une pendule vénitienne, encadrée de deux nymphes.

— Un instant, son sourire s'est élargi. Edmund Arweit est alors intervenu d'une voix sucrée pour revenir sous le feu roulant des questions culturelles et souligner la qualité de ses réponses. Nous avons eu droit à un exposé technique sur certains points précis, comme la vitesse de la lumière ou la peinture de Fragonard. À mon sens, il refusait de parler de lui et noyait le poisson.

— Réaction de Mlle Wani ?

— Elle ne l'a pas interrompu, le Français Armand Rachenois s'en est chargé. Autre exposé, cette fois sur son philosophe préféré, Descartes, le maître de l'introspection selon lui. Le repas copieux, le vin, l'émotion… J'ai failli m'endormir. Je n'ai lu aucun philosophe et je continuerai à m'abstenir, sauf en cas d'insomnie.

— Aucun commentaire d'Audrey Wani, au terme de vos prestations ?

— Aucun, inspecteur. Juste la confirmation du protocole : lundi, au breakfast, elle communiquerait le nom de l'heureux élu. Bien que prévenu, comme mes concurrents, j'ai été tétanisé. Un seul vainqueur…

— Les avez-vous observés ?

L'Australien réfléchit.

— Maintenant que vous l'évoquez… Oui, à la manière d'un appareil photo ! Et les images me reviennent. Franz von Sigental, raide, imperturbable, dominateur. John Carbait, le regard noir, trépignant comme un taureau irrité. Edmund Arweit, presque hilare, se réjouissant d'un succès programmé. Massimiliano Giotanni, se livrant à un salut théâtral. Armand Rachenois, poings et lèvres serrés, toisant Audrey. Un malaise… Oui, un sentiment de malaise.

— 24 —

Un instant, Dykter Colan revécut ce moment pénible. Il posa son chiffon et saisit un plumeau pour épousseter une grande pendule.

— Il était minuit et deux minutes lorsque Audrey nous a quittés, sereine, merveilleuse. Nous avions engagé toutes nos forces dans la bataille, les dés étaient jetés. Aucun moyen de se rattraper. Les optimistes croyaient en leurs chances, les pessimistes remâchaient leurs insuffisances.

— Dans quelle catégorie vous situiez-vous ? demanda Higgins.

— Tantôt dans la première, tantôt dans la seconde... À dire vrai, j'étais perdu ! J'aurais voulu utiliser d'autres arguments, mieux me présenter à Audrey. Mais trop tard ! Nettoyage collectif. J'ai passé l'aspirateur.

— Vous n'avez pas décrit la salle à manger.

— Une pièce immense, digne d'un palais, quoique dépouillée. Un endroit impressionnant. Ah... Un détail insolite. Au mur, un ornement inattendu : une robe rouge à bretelles.

— Rouge, vous êtes sûr ?

— Certain, inspecteur. Et les bretelles, très fines, étaient bordées de blanc. « Ma robe de fiançailles pour demain », a expliqué Audrey à l'apéritif.

— Lundi matin, était-elle toujours à sa place ?

— Je l'ignore, car je n'ai pas bougé de la cuisine. Nous y avons organisé le breakfast en nous disposant autour d'une longue table en chêne. La tension était maximale, à peine un « bonjour ».

— Certains de vos concurrents sont-ils retournés dans la salle à manger ?

Colan réfléchit.

— J'avais le nez plongé dans mon bol de thé et n'ai pas fait attention. Tout ce dont je me souviens, c'est l'agitation de Franz von Sigental, qui ne cessait d'aller et venir. Edmund Arweit s'est levé à plusieurs reprises et a bu une dizaine de tasses de café. Carbait dévorait toast sur toast, et a vidé un pot entier de marmelade. Giotanni, lui, sifflotait en mangeant des céréales. Quant à Rachenois, il dégustait des saucisses grillées. Les minutes s'écoulaient, la nervosité croissait. À dix heures treize, l'Autrichien s'est emporté. « Vous ne comprenez pas, bande d'abrutis ? Nous avons tous échoué, je dis bien *tous* ! Et nous n'avions aucune chance de réussir, car cette fille s'est moquée de nous ! Elle désirait seulement s'amuser, et nous avons été piégés. Le ridicule ne tue plus, paraît-il ; profitons-en et décampons. » Personne n'a émis d'objection, et nous nous sommes éparpillés comme une volée de moineaux. Le whisky m'a servi de carburant pour oublier ce week-end et rouler bêtement à tombeau ouvert. Mais le visage d'Audrey continuait à me hanter.

Le carnet noir de Higgins se remplissait.

— Pendant la nuit du dimanche au lundi, n'avez-vous pas eu envie de sortir de votre pavillon et de vous promener, sous la pleine lune, dans le merveilleux domaine de Moonlight ?

L'Australien baissa la tête.

— Si, inspecteur. Et pas seulement de me promener, mais aussi de courir jusqu'au château, d'y chercher la chambre d'Audrey et de lui démontrer que j'étais le bon candidat. L'ultime chance de la convaincre. Toute la nuit, j'ai répété mes arguments en essayant de les classer. Mes premiers mots ne seraient-ils pas décisifs ? Cela, je ne le saurai jamais. Je n'ai pas osé aller jusqu'au bout. Jamais... Ce mot n'a aucun sens ! Scotland Yard va retrouver Audrey vivante, n'est-ce pas ?

— Espérons-le.

— Faites-vous vraiment le nécessaire ?

— Soyez rassuré, monsieur Colan. Et si, malheureusement, le pire est advenu, rien ne sera négligé pour établir la vérité. Comptez-vous voyager, ces prochains jours ?

— Oh non ! Je dois visiter plusieurs locaux, à Windsor, afin d'ouvrir ma boutique d'antiquités.

— M'autorisez-vous à vous poser une question délicate ?

— Comme vous voudrez...

— Si l'assassin figure parmi les invités de ce week-end, lequel soupçonneriez-vous ?

— Porter une si grave accusation…

— Rien d'officiel, tranquillisez-vous. Et vous n'êtes pas obligé de me répondre.

L'Australien se mordilla les lèvres.

— Tuer Audrey, la faire disparaître… Qui aurait eu assez de sang-froid et de cruauté ? Je n'appréciais aucun de mes concurrents, mais de là à imaginer que l'un d'eux soit un assassin…

— Merci de votre coopération, monsieur Colan, et bonne chance pour votre future activité.

— Serai-je informé des résultats de votre enquête ? Si Audrey est vivante, j'aimerais tellement la revoir !

— Tous les participants à ce week-end hors norme méritent bien cet égard, concéda Higgins.

⋆

Bug Bugsy était à son poste, livré à sa vie intérieure, dont l'intensité ne faiblissait pas.

Dès que Higgins ouvrit la porte arrière de la Land Rover, la mécanique repartit.

— Destination ?

— Mayfair.

— 25 —

Mayfair, un élégant quartier résidentiel de Londres, de style géorgien. Selon Sydney Smith, « la plus grande concentration d'intelligence et de savoir-faire, sans parler de richesse et de beauté, que le monde ait jamais réunie auparavant ». À l'orée de Hyde Park, ce petit quartier restait le plus cher de la capitale. Honneur insigne : Élisabeth II était née au 17, Bruton Street.

Massimiliano Giotanni résidait dans l'une des demeures du XVIIIe siècle, fleurons de Curzon Street.

La température atteignait les trente degrés, et les Londoniens se déplaçaient avec peine, souhaitant un orage qui tardait à se produire. La consommation d'eau minérale et de bière fraîche battait des records.

Disposant d'une autorisation spéciale de stationnement, Bug Bugsy ne serait pas importuné par la police.

La porte de la belle maison étant entrouverte, Higgins entra. Des bruits d'aspirateur, un hall de marbre qu'astiquaient deux femmes de ménage, une grande Noire et une petite Asiatique.

— J'ai rendez-vous avec M. Giotanni.

Indifférente, la petite Asiatique continua à passer sa serpillière ; la grande Noire se releva.

— Qui ça ?

— Massimiliano Giotanni.

— Connais pas. Vous êtes qui ?

— Scotland Yard.

— Il a tué quelqu'un, ce type-là ?

— Ce n'est pas encore certain.

— En tout cas, moi, je n'y suis pour rien ! Ma collègue et moi, on est employées par une entreprise de ménage. On bosse ici depuis ce matin.

— Auriez-vous un chef d'équipe ?

— Il est au premier.

Une moquette grise recouvrait les marches de l'escalier et le palier du premier étage où grondaient des aspirateurs que maniaient deux Sud-Américains. Sur le seuil d'un bureau, un gros moustachu en blouse blanche hurlait au téléphone pour réclamer des produits de nettoyage.

Higgins attendit la fin de l'altercation.

— Seriez-vous le chef d'équipe ?

— Ouais.

— J'ai rendez-vous avec M. Giotanni.

— Connais pas. Mon job, c'est récurer cette baraque du sol au plafond. Adressez-vous au bailleur, il inspecte la maison.

— Où puis-je le trouver ?

— Là.

Le moustachu désigna le bureau.

Un homme d'une soixantaine d'années, en costume gris, consultait un document.

— Pardonnez-moi de vous importuner, dit Higgins. Je cherche Massimiliano Giotanni.

L'homme dévisagea le visiteur.

— Vous devez être l'inspecteur Higgins.

— En effet.

— Baker, directeur de l'agence qui loue cette maison. Alors, vous vous décidez à arrêter cet Italien ?

— J'ai quelques questions à lui poser, et nous devons nous voir ici.

— À sept heures du matin, je l'ai fichu dehors, et sans ménagement ! Un chèque en bois, trois mois de loyers impayés. Jamais vu ça dans ce quartier. Ah, quand il s'est présenté à l'agence, quelle classe, quelle séduction ! Il venait conquérir Londres avec un produit fabuleux qui enchanterait les classes supérieures et le rendrait milliardaire. Vu sa prochaine notoriété, il avait besoin d'une adresse de prestige. Et voilà le résultat ! À mon âge et avec mon expérience, me faire embobiner de la sorte ! De quoi faire une dépression. Mettez ce Giotanni au trou, ça fera un malfrat de moins en liberté ! Moi, je trace une croix sur mes loyers. Bien entendu, il a été incapable de me donner une adresse où le joindre ! À se demander s'il ne possède pas de faux papiers.

— Il vous a tout de même donné mon nom.

— Exact. Il ne voulait pas quitter les lieux, parce qu'il avait accepté de vous y rencontrer. Contraint et forcé de décamper par l'équipe de ménage que j'ai convoquée, il a déclaré qu'il vous attendrait dans sa voiture, une Aston Martin DB11 Volante, garée devant un hôtel particulier, à dix minutes à pied. Il m'a même donné l'adresse et le numéro d'immatriculation de son bolide. Où ai-je fourré ça ?

Nerveux, Baker sortit de la poche de son pantalon un morceau de papier froissé et le remit à Higgins.

— À mon avis, une arnaque supplémentaire ! Le bonhomme est déjà en fuite, et vous vous casserez les dents. Tâchez quand même de lui mettre le grappin dessus. Par tous les saints, comment ai-je pu être si naïf ?

Laissant le malheureux en proie à ses regrets, Higgins se dirigea vers l'endroit qu'avait indiqué Massimiliano Giotanni. Soit il s'était moqué de Baker, soit il désirait vraiment, en dépit des circonstances, rencontrer un inspecteur de Scotland Yard. Et ce désir-là impliquait des révélations.

— 26 —

Capable de passer en 4 s de 0 à 100 km/h, l'Aston Martin DB11 Volante, gris sombre métallisé, avait belle allure. La capote en toile était repliée derrière les sièges arrière, sur lesquels, malgré leur relative étroitesse, était couché un homme en chien de fusil.

Adresse et numéro d'immatriculation vérifiés, Higgins constata que, cette fois, Massimiliano Giotanni n'avait pas menti.

Restait à le réveiller.

L'ex-inspecteur-chef ouvrit doucement la portière du conducteur. Le léger bruit fit sursauter l'Italien, qui se redressa brusquement.

— Ma voiture... On me vole ma voiture !

— Rassurez-vous, ce n'est pas la spécialité de Scotland Yard.

Giotanni se figea.

— Vous êtes l'inspecteur Higgins ?

— Ravi de vous rencontrer, comme convenu. Seul le lieu du rendez-vous a changé.

— Des ennuis avec l'agence immobilière... Des requins, ces gens-là ! Aucune humanité.

— Vous n'êtes pas tout à fait en règle, semble-t-il.

— Un petit retard de payement... Pas de quoi écrire une tragédie !

Massimiliano Giotanni s'extirpa de son bolide, s'étira et respira à pleins poumons.

— Quel bel été, j'en oublierais presque mes soucis !

Vingt et un ans, un mètre quatre-vingt-dix, maigre, les yeux noirs, le nez aquilin, de longs cheveux noirs tombant sur ses épaules, les mains longues et fines, l'Italien avait un physique de jeune premier et un indéniable charme romantique. Quoique fripé, son costume violet, raffiné, lui seyait à merveille.

— Je devrais porter plainte contre les brutes qui m'ont expulsé de chez moi, mais comment croire encore à la justice, de nos jours ? Enfin, il faut bien s'adapter.

— Où logez-vous, à présent ?

L'Italien tripota ses cheveux.

— Eh bien... dans ma voiture. Ce déménagement m'a pris au dépourvu, mais ce n'est qu'une mauvaise passe. Dès demain, tout rentrera dans l'ordre. Côté affaires, on n'est pas toujours au top. Quand on a l'énergie, on remonte aussi vite qu'on est descendu. Et moi, je l'ai ! À propos, pourquoi vouliez-vous me voir ?

— Vous ne vous en doutez pas ?

Giotanni regarda ses bottines violettes.

— Honnêtement, si. Ces derniers temps, j'ai trop jonglé avec les organismes de crédit. Ils ont fini par faire le lien et me dénoncer à la police. On ne monte pas une entreprise avec des clopinettes, inspecteur !

Il me fallait des capitaux, et j'ai su me montrer convaincant. Les bénéfices ne tarderont pas, et je rembourserai. Auparavant, qu'on me laisse réussir en paix !

— Cette entreprise… Quelle est sa nature ?

Le jeune homme eut un large sourire et ouvrit le coffre de l'Aston Martin, rempli de petits cartons. De l'un d'eux, il sortit un objet rouge ressemblant à une agrafeuse.

— Le Bionic Stylistic Hairsystem, une révolution dans l'art de la coiffure ! Tous les salons haut de gamme se l'arracheront, et je le vendrai à prix d'or. Quinze positions de chauffage, création de boucles et de volume illimitée, lisseur inégalable, système de rotation tridirectionnel. Une invention digne de Léonard de Vinci. Et vous n'imaginez pas l'ampleur du marché ! J'ai ici les cent premiers exemplaires, destinés aux coiffeurs londoniens. Un article élogieux dans un grand magazine de mode, relais sur les réseaux sociaux, et la planète entière s'enflamme ! Le seul problème sera de satisfaire la demande et de recruter des collaborateurs compétents. Je me torture déjà l'esprit… Alors, qu'on ne me mette pas des bâtons dans les roues avec de stupides histoires d'argent !

— Réconfortez-vous, je ne suis ni inspecteur du fisc ni agent d'un organisme de prêt.

L'Italien glissa dans sa poche le Bionic Stylistic Hairsystem, referma son coffre et considéra Higgins d'un œil étonné.

— Quelle est votre spécialité ?

— Affaires criminelles.

— Elle est bonne, celle-là ! En quoi suis-je concerné ?

— Vous ne voyez vraiment pas ?

— Pas le moins du monde !

— Audrey Wani.

Massimiliano Giotanni s'assit lentement sur l'aile arrière de l'Aston Martin.

— La propriétaire du domaine de Moonlight ?

— Elle-même.

— Elle a été assassinée ?

— C'est une forte probabilité.

— *Mamma mia !* Vous ne blaguez pas ?

— Jamais lorsqu'il s'agit d'identifier un criminel.

— Pourquoi me regardez-vous comme ça ? Je suis innocent, moi !

— Je ne porte aucune accusation contre vous, monsieur Giotanni, et je souhaite simplement vous entendre à titre de témoin. Car le week-end dernier, vous étiez bien à Moonlight, n'est-il pas vrai ?

— Pour y être, j'y étais, et je n'aurais pas dû y aller ! Une crétinerie de plus !

L'Italien se tâta le menton.

— Je n'ai pas eu le temps de me raser, et je déteste la barbe naissante.

— Un inconvénient auquel je peux remédier. Je connais, dans le quartier, un barbier à l'ancienne, Harry.

— Super ! On prend ma voiture ?

— Il a des places de stationnement pour ses clients.

— *Avanti !*

Massimiliano Giotanni au volant, la DB11 méritait son qualificatif de Volante. « Miraculeux, pensa Higgins, s'il a encore son permis. »

— 27 —

— Inspecteur ! s'exclama Harry. Quel plaisir de vous accueillir ! Vous désirez une crème à raser, je parie ?

— Celle au parfum d'amande et au bois de santal me conviendrait.

— C'est ma préférée ! Et je vous offre un savon au lait de chèvre, ma dernière production.

La boutique du barbier était emplie de fragrances envoûtantes. On revenait au XIXe siècle : fauteuils, glaces et carrelage d'époque, sans oublier un matériel des plus traditionnels, rasoirs en tête.

— Mon ami souhaiterait retrouver figure humaine, dit Higgins.

— Mon assistant s'en occupe tout de suite ; prenez place.

Massimiliano Giotanni s'installa confortablement. L'assistant recouvrit son costume d'une sorte de blouse, et commença à préparer la mousse qu'il appliquerait au blaireau.

— Vous portez une jolie montre ancienne, remarqua l'ex-inspecteur-chef.

— Un cadeau de mon oncle, un noble vénitien qui me l'a offerte avant de mourir.

— Elle fonctionne ?

— Admirablement ! Les anciens horlogers étaient de sacrés as.

— Audrey Wani était-elle l'une de vos amies ?

— Amie, non. Je l'ai rencontrée lors d'un cocktail, à Rome, où des investisseurs se détendaient après un congrès. Un copain ingénieur m'avait invité, et je m'ennuyais ferme. Audrey était la seule femme abordable. La beauté, le charme, l'élégance… Les autres, quels repoussoirs ! Nos regards se sont croisés, on a bavardé, elle m'a interrogé sur mes projets. Je dois avouer qu'elle me plaisait énormément et que j'espérais une soirée… intime. D'ordinaire, je ne manque pas de succès. Là, raté ! J'aurais dû l'oublier, mais cette fille m'a hanté. Et puis cette invraisemblable invitation, contrat à la clé : devenir son accompagnateur, un super-domestique en permanence à son service. En échange, le grand luxe.

— Et vous avez accepté de jouer le jeu ?

Le barbier enduisit le visage de l'Italien d'une mousse onctueuse et odorante.

— Vous avez prononcé le mot juste, inspecteur : le jeu. Cinq concurrents à terrasser, quel beau pari ! Et j'avais confiance en moi. Lorsque j'ai revu Audrey, fascination : encore plus belle que dans mes souvenirs. Et ce charme incroyable… Elle vous ensorcelait, vous aviez envie de vous agenouiller à ses pieds et de lui chanter la romance de Don Giovanni ! À voir mes adversaires, samedi dernier, je me suis senti conquérant. Un seul rival : l'Autrichien, Franz von Sigental, à cause de son allure aristocratique. Mais un peu coincé et dédaigneux.

— Mlle Wani était-elle seule ?

— Pas l'ombre d'un larbin ! Nous six et elle, personne d'autre.

— Pas même Abercrombie Northgate ?

— Qui ça ?

— Ce nom a-t-il été prononcé en votre présence ?

— Sûrement pas !

— Avez-vous résidé au château ?

— Pas du tout ! Audrey avait attribué un pavillon cinq étoiles à chacun de nous. Vous n'imaginez pas le luxe ! Je me suis jeté sur le champagne et le caviar, en écoutant du Verdi. Tout en étant absente, elle savait recevoir ! Avant le dîner décisif du dimanche, une seule obligation : un entretien avec elle. Le mien était fixé dimanche, à treize heures.

— Comment avez-vous occupé votre temps libre ?

— Après ma petite orgie, sieste. Puis un film sur l'écran géant, un vieux western avec John Wayne. Au coucher du soleil, promenade. Je redoutais de croiser l'un de mes ennemis. Mais je n'ai vu personne. Dîner solitaire au champagne, foie gras, filets de poisson séché, fromages suisses et fondant au chocolat, en regardant un deuxième John Wayne. Et gros dodo, jusqu'à dix heures du matin. Je me suis réveillé en pleine forme. Café, croissants et footing. Je suis tombé sur une piscine olympique, mais je n'avais pas de maillot et je ne voulais pas être en retard à mon rendez-vous de treize heures.

— Pas de mauvaises rencontres ?

— Heureusement, non.

Maniant une lame aiguisée à la perfection, le barbier rasait l'Italien d'une main experte, à la fois souple et précise. Hors de question d'infliger la moindre coupure.

— Comment s'est déroulé votre entretien avec Mlle Wani ? interrogea Higgins.

Massimiliano Giotanni parut gêné.

— C'est un peu délicat...

Se sentant de trop, le barbier acheva promptement son travail. Serviette chaude pour ôter les dernières traces de mousse, after-shave aux herbes médicinales, parfum.

— Magnifique ! apprécia l'Italien.

Quittant son fauteuil, il murmura à l'oreille de Higgins :

— Je suis un peu gêné en ce moment. Si vous pouviez régler... Je vous rembourserai rapidement.

— Pas de problème. Harry réserve un bar à ses meilleurs clients, nous y serons tranquilles.

— 28 —

Harry tira un rideau cachant un petit salon. Deux tables, six chaises, un bar.

Un barbu venait d'entrer dans la boutique.

— Un client difficile, dit Harry ; je m'en occupe. Bavardez en paix, j'interdis l'accès.

Rideau refermé.

— Que puis-je vous offrir ? demanda Higgins.

Massimiliano Giotanni consulta sa montre.

— Bientôt midi… Un whisky.

L'ex-inspecteur-chef choisit un cru écossais convenable, emplit deux verres, et en offrit un à son interlocuteur.

— Quelle drôle d'histoire, commenta l'Italien ; j'avais prévu de séduire Audrey, mais elle ne m'a pas laissé avancer mes pions. Souriante et détendue, elle m'a assommé en quelques secondes. « Combien avez-vous eu de maîtresses et avec qui vivez-vous en ce moment ? » Première question choc, suivie d'autres flèches visant mon intimité.

— Avez-vous répondu ?

— Très gêné, j'ai tenté d'esquiver, mais Audrey m'a marqué à la culotte ! J'ai donc dressé la liste de mes conquêtes. La dernière en date, une comédienne anglaise hystérique. En arrivant à Moonlight, j'étais célibataire et disponible. Un bel atout, non ? Et je lui ai cité une maxime de Shakespeare, tirée du *Marchand de Venise*, ma pièce préférée : « Il est des gens qui n'embrassent que des ombres, ceux-là n'ont que l'ombre du bonheur[1]. » Et moi, je lui proposais un vrai bonheur, à *ses* conditions !

— Son avis ?

— Silence radio. Mais j'espérais être en tête du peloton.

— Durée de cet entretien ?

— Plus d'une heure... Je ne sais pas exactement. J'étais tellement vidé que je me suis affalé sur un canapé. Un vrai passage à tabac ! J'en ai oublié de déjeuner. Par bonheur, j'ai émergé en milieu d'après-midi et je me suis rué au château, où nous devions préparer le fameux dîner. À la cuisine, on était au bord de l'émeute. Sans me vanter, je suis un génie des lasagnes et j'ai imposé mon plat de prédilection. Le Français, lui, a victorieusement défendu sa pintade. Seul opposant, Carbait, unanimement écarté. La cuisine écossaise, quel cauchemar ! Les tâches distribuées, on s'est mis au travail. À l'apéritif, apparition d'Audrey dans la monumentale salle à manger. Quel décor, digne d'un palais italien ! Et Vénus en personne, sous nos regards enamourés !

1. Acte II, scène 9.

— Une déclaration significative ?

— Non, juste des sourires... Ah si, elle a désigné une robe ornant un mur. Celle de ses fiançailles du lendemain.

— Vous ne l'aviez pas remarquée ?

— Je préparais mes lasagnes et, en arrivant dans la salle à manger, je n'avais d'yeux que pour Audrey.

— Quelle couleur, cette robe ?

— Verte, bleue... Je ne sais plus.

— Lundi matin, avait-elle ou non disparu ?

— Aucune idée. Dites... Vous notez tout ce que je raconte ?

— Mon aide-mémoire. Comment s'est déroulé ce dîner ?

— Côté culinaire, plutôt bien. Mes lasagnes étaient très réussies, les pintades du Français un peu moins, et le reste passable. Côté atmosphère, une catastrophe ! Audrey nous a soumis à la torture. D'abord, obligation de nous présenter, et répétition si quelqu'un ne s'était pas distinctement exprimé ; ensuite, feu roulant de questions ! Le pire des examens, pas un domaine épargné. Et on a tous mordu à l'hameçon, en essayant de répondre le premier, même n'importe quoi ! Moi, j'ai donné la date de naissance de Donatello, 1386 à Florence, et le nom du point culminant des Dolomites : la Marmolada. Pas si mal, non ? À la fin du repas, ça ne s'est pas arrangé, au contraire ! Finie la culture générale, et baïonnette dans l'ego ! Audrey voulait tout savoir de nos qualités et de nos défauts. Franz von Sigental a sèchement refusé d'entrer en matière. Un noble autrichien offusqué. John Carbait s'est comporté comme un Écossais modèle : fort et naïf. Néanmoins, il a regardé notre princesse d'une drôle de manière, et j'ai trouvé son ton agressif. Colan, l'Australien, n'a pas dépassé le stade de ses exploits sportifs, avec lesquels il nous ennuyait à la cuisine, en épluchant des légumes. L'introspection, ce n'est pas sa tasse de thé ! Un peu brut de décoffrage, le délégué des antipodes. Edmund Arweit, l'éternel adolescent, tout le contraire ! Raffiné, un peu fragile, séducteur en diable, du genre à répondre n'importe quoi avec conviction, mais gardant ses petits secrets. Afin d'éviter de parler de lui, il nous a cassé les pieds avec un exposé pseudo-scientifique. Un roublard, ce gamin ! Quant au Français, Armand Rachenois, un autre roi de l'esquive ! Arrogance et sentiment de supériorité, c'est dans les gènes de son pays, et il nous a fait sentir que le futur vainqueur ne pouvait être que lui. Sa façon de regarder Audrey était celle du chasseur sur le point de capturer sa proie. Mais pas question de nous parler de lui ! Sa référence, un philosophe, français bien entendu, qui a percé les mystères de l'âme humaine. Ceux du spécialiste de la pintade au four sont restés impénétrables. Je boirais volontiers un autre whisky, inspecteur.

Higgins s'acquitta de cette tâche.

— Aviez-vous rencontré un ou plusieurs de vos concurrents avant ce week-end, monsieur Giotanni ?

— Aucun.

— Et vous, comment vous êtes-vous décrit ?

L'Italien serra son verre.

— En jouant le bellâtre méditerranéen, style : « Toutes les femmes me tombent dans les bras, ce n'est pas ma faute. » Beau, jeune et intelligent. Un seul bémol : parfois un excès d'enthousiasme. Un goût inné du théâtre, en quelque sorte, qui me rend irrésistible.

— N'était-ce pas une stratégie risquée ?

— Audrey était assez futée pour me comprendre. Et les femmes intelligentes adorent l'humour, dont mes adversaires étaient complètement dépourvus.

— Comment s'est terminé ce dîner ?

— 29 —

— De façon plutôt brutale, inspecteur ! Je m'y étais préparé, je connaissais le protocole, mais quand la réalité vous saute au visage, c'est parfois douloureux. Audrey nous a annoncé qu'il était temps de nous reposer et que, comme convenu, elle donnerait le nom du vainqueur au breakfast du lundi matin. Baisser de rideau, impossible de prononcer une dernière réplique. Un pénible sentiment de vide après son départ. Et même…

Massimiliano Giotanni but une longue gorgée.

— C'est idiot, reprit-il, j'ai eu l'impression que je la voyais pour la dernière fois et que, sans elle, le monde serait affreusement terne.

— Les réactions de vos concurrents ?

— Tétanisés, pas un mot. Sans doute avaient-ils conscience que la partie était jouée et qu'il n'y aurait qu'un gagnant. Impossible de revenir en arrière et de rattraper ses erreurs. Et tout était allé trop vite. Ensorcelés… Nous avions été ensorcelés. Des jouets dans la main d'une magicienne, s'apprêtant à en casser cinq pour n'en conserver qu'un. En silence, on a regagné nos pavillons. En marchant, je me remémorais les moments où j'estimais avoir marqué des points. Je croyais en mes chances. Arrivé à mon gîte, ce fut moins brillant, et j'ai bu deux ou trois cognacs. La tête m'a tourné, je suis sorti prendre l'air. Il faisait très chaud, pas un souffle de vent, la pleine lune brillait. J'aime la lune ! Ses phases ne sont-elles pas l'illustration céleste de l'existence ? Je me suis assis dans l'herbe et je l'ai observée.

— Personne n'a troublé votre méditation ?

— Si, un lapin ! Ayant envie de dormir, je me suis hâté vers mon lit. Sommeil lourd et réveil pénible. Le matin du jugement dernier, ça vous remue ! La boule au ventre dans l'attente du verdict, tous rassemblés dans la cuisine pour le breakfast. Et Toujours sans un mot. Bizarrement, notre aristocrate autrichien avait perdu son self-control et n'arrêtait pas de déambuler. À part Carbait qui dévorait, les autres grignotaient. Moi, je me donnais une contenance en sifflotant, ce qui irritait le Français. Les minutes s'écoulaient, toujours pas d'Audrey. L'Autrichien a explosé. Un discours bref, mais tonique. En somme, la belle s'était payé notre tête. Un week-end d'imbéciles en guise de distraction, le fantasme assouvi d'une milliardaire mourant d'ennui. Approbation générale et départ précipité. Finie la comédie !

— Est-ce votre conviction ?

— Sur le moment, oui. En roulant vers Londres, j'ai pris du recul. Audrey était incisive, déterminée, mais pas cruelle. Était… Je parle d'elle au passé ! Non, elle ne cherchait pas à nous humilier. Un événement grave l'avait contrainte à quitter Moonlight sans nous avertir.

— N'auriez-vous pas discerné des signes, même fugaces, de sa préférence ?

L'Italien réfléchit.

— Je les guettais, mais elle est restée indéchiffrable. Je suppose qu'à l'issue du dîner, elle hésitait encore. Quoi de plus normal ? Il lui fallait trier ses impressions et choisir en fonction de ses critères, dont certains nous échappaient peut-être. En cas d'échec, j'aurais aimé lui demander pourquoi je lui avais déplu. Elle me manque. Si peu d'heures auprès d'elle et, pourtant, elle laisse un vide difficile à combler. Un charme aussi profond que le sien est inoubliable.

— À supposer qu'elle ait été victime d'un de ses prétendants, qui soupçonneriez-vous ?

— Vous allez noter ma réponse ?

— Juste pour mon usage personnel, rien d'officiel.

Massimiliano Giotanni hésita.

— Carbait le violent, Sigental le psychorigide, Arweit le serpent, Rachenois le prétentieux, Colan le baroudeur… Tous une tête d'assassin, si on devient méfiant ! Pas d'élément pour désigner l'un plus que l'autre.

— Vos projets ?

— Une semaine de vacances à Rome, avant de repartir au front.

— Puis-je vous prier d'y renoncer ?

— Pourquoi, inspecteur ?

— En fonction de l'avancement de mon enquête, j'aurai peut-être besoin de vous solliciter à nouveau.

— D’accord… Je vais me réfugier chez une copine, à Chelsea. Vous voulez ses coordonnées ?

— S’il vous plaît.

Higgins les nota, régla l’addition du barbier et sortit de la boutique en compagnie de l’Italien, la mine sombre.

— Cette histoire me noue l’estomac. Si Audrey a vraiment été tuée par un dingue, j’aimerais savoir qui.

— Comptez sur moi.

Les deux hommes se saluèrent, Giotanni sauta dans son bolide et démarra en trombe.

Quand Higgins atteignit la Land Rover, Bug Bugsy, toujours au volant, terminait son déjeuner : sandwich au poulet et eau minérale gazeuse. À l’aide d’une balayette, il se débarrassa des miettes.

— Désirez-vous un café ? interrogea l’ex-inspecteur-chef.

— Pas d’excitant pendant le service. Il me reste dix minutes de pause. Je les utiliserai à notre prochaine étape pour un brin de toilette. Où allons-nous ?

— À la Banque d’Angleterre.

— 30 —

Malgré les convulsions du Brexit, la vieille dame de Threadneedle Street, autrement dit la Banque d'Angleterre, sise au cœur de la City, demeurait l'un des hauts lieux de la finance mondiale. Depuis sa fondation, en 1694, s'y prenaient des décisions concernant la planète entière. Et l'une des têtes pensantes de la vénérable institution, Watson B. Petticott, relation obligée des ministres et des décideurs de tout poil, présentait une particularité rare : appartenir au très fermé club d'archéologie de Higgins, dont l'activité principale consistait à goûter des grands crus classés et des plats traditionnels. Entre les membres, une seule règle : à la vie à la mort, entraide absolue et immédiate, quelles que soient les circonstances.

Aussi, quand il apprit la présence de Higgins à la réception, Petticott interrompit-il un entretien avec un investisseur pour recevoir sans délai l'ex-inspecteur-chef dans un petit salon orné de tableaux champêtres du XVIIIe siècle. Quand ce dernier sortait de sa retraite du Gloucestershire, il y avait forcément un crime sous roche. Et le banquier se passionnait pour les enquêtes délicates.

— Tu es sur une affaire, Higgins ?

— La disparition d'Audrey Wani.

— La spécialiste de la haute finance ?

— Elle-même.

— J'ai déjeuné avec elle il y a quinze jours ! Une fille compétente, d'une intelligence supérieure. Elle préférait l'ombre à la lumière, mais commençait à exercer une influence non négligeable. Disparue… jusqu'à quel point ?

— Je redoute un assassinat.

En quelques mots, Higgins exposa à son ami les données du drame et lui remit deux feuillets de son carnet noir, comportant les six noms des prétendants et de brèves indications concernant leurs activités.

— Pourrais-tu obtenir des renseignements précis sur leurs entreprises commerciales ?

— Sans problème. Tu es pressé, je suppose ?

— Demain matin ?

— Je t'attends à neuf heures.

*

— Destination ? demanda Bug Bugsy.

— Wardour Street, à Soho.

La chaleur augmentait, les météorologues se désespéraient. Pas la moindre ondée à l'horizon. La Land Rover se faufila dans une circulation intense, où les deux-roues prenaient souvent des risques inconsidérés.

Soho, quartier à la réputation sulfureuse en raison de ses boîtes de nuit, de ses sex-shops et de ses spectacles de nu intégral. Avec Internet, qui offrait un accès facile et universel à la pornographie, ce folklore apparaissait presque désuet. La mafia chinoise avait remplacé l'italienne et la grecque, et de nombreux restaurants asiatiques, du pire au meilleur, accueillaient des hordes de touristes, qui ignoraient fréquemment ce qu'ils mangeaient.

Armand Rachenois habitait à côté d'un grand établissement chinois, spécialisé dans la cuisine à la vapeur. Un immeuble en mauvais état, une vitrine fumée, sans doute celle d'un ancien magasin, une porte caca d'oie. Une inscription à la peinture blanche : « *Drugs and rock'n'roll* ».

Higgins sonna. Pas de réponse. Il insista, en vain. C'était pourtant le moment du rendez-vous, quinze heures, accepté par le Français.

L'ex-inspecteur-chef pénétra dans le restaurant chinois, où l'on servait non-stop.

Une jeune femme accourut.

— Une personne ?

— Pourrais-je voir votre patron ?

— Il est très occupé, il…

— Scotland Yard.

Le sourire s'éteignit.

— Je le préviens.

Trois minutes plus tard, un petit homme âgé apparut. Higgins le salua en mandarin, une langue dont il avait appris les rudiments lors d'un séjour en Chine.

Aussitôt, l'atmosphère se détendit.

— Mon établissement est parfaitement honorable et tout à fait en règle, affirma le Chinois.

— Je n'en doute pas une seconde, et je souhaiterais seulement un renseignement.

— À votre service.

— Vous avez un voisin français, Armand Rachenois.

Le patron leva les yeux au ciel.

— La prairie n'est pas toujours verte et la rivière se montre parfois turbulente.

— Est-il chez lui, en ce moment ?

— Quand les genoux tremblent, il faut les reposer.

— Les résultats d'une drogue-party ?

— Si la brume envahit le village, les habitants se terrent dans leurs demeures.

— Merci de votre aide.

Higgins retourna à la porte caca d'oie et sonna une nouvelle fois. Toujours pas de réponse. Aussi fut-il contraint d'utiliser un outil que lui avait offert le roi des cambrioleurs, avant de prendre sa retraite. Bien que Higgins l'eût arrêté, le malfaiteur lui vouait une sincère admiration et lui témoignait ainsi son estime.

Un couteau suisse amélioré et multifonctionnel. De la patience, du doigté, et la certitude d'ouvrir n'importe quelle serrure, sans la moindre trace d'effraction.

Celle-là ne présentant pas de difficulté particulière, Higgins n'eut pas à s'employer à cette tâche plus de deux minutes.

À l'intérieur, une lumière blafarde et une odeur âcre. Il s'agissait bien d'un ancien magasin, encombré de cartons empilés jusqu'au plafond.

Au milieu de la pièce, un homme allongé sur un lit de camp.

— 31 —

Vingt-neuf ans, un mètre quatre-vingts, aussi séduisant que le jeune Alain Delon, la barbe naissante, une chemise blanche, un pantalon vert clair, le dormeur respirait paisiblement.

Le local n'avait rien de reluisant. Lattes du parquet fendues, murs lépreux, mobilier réduit au minimum. Dans l'arrière-boutique, une kitchenette, un lavabo, des toilettes et une douche, dont la propreté laissait à désirer. Sur une étagère, des bouteilles de rhum et des pilules colorées que ne devait pas prescrire le corps médical.

Higgins ramassa une lampe de poche posée près d'un paquet de mauvais gâteaux et la braqua sur le visage de son hôte.

Un œil s'ouvrit, puis le second.

— C'est qui ?

— Inspecteur Higgins. Nous avions rendez-vous. Vous êtes bien Armand Rachenois ?

— Un instant, que je me souvienne... Oui, c'est ça, c'est bien ça, mais je crève de soif ! Vous n'auriez pas un verre d'eau ?

— Je vais vous en chercher un.

Par chance, le robinet de la cuisine était alimenté. Higgins emplit un gobelet en plastique et le donna à Rachenois, assis sur son lit de camp, qui le vida d'un trait.

— Rien de meilleur, quand on a la gorge sèche… Higgins, vous avez dit ? Et inspecteur ?

— En effet.

— Ah oui, le rendez-vous… OK, OK ! Avec Scotland Yard, mieux vaut ne pas plaisanter, surtout quand on est français en Angleterre. L'entente cordiale a ses limites.

Rachenois fixa l'ex-inspecteur-chef.

— Vous me voulez quoi, au juste ?

— Aucune idée ?

Du plat de la main, le Français se frappa le crâne.

— La drogue, j'en consomme comme tout un chacun, mais je n'en vends pas ! N'allez pas me mettre ça sur le dos !

— Vous ne roulez pas sur l'or, semble-t-il.

— Une mauvaise passe. À un mois près, je vous recevais dans un restaurant gastronomique. Dans les affaires, il y a des hauts et des bas. Mon principal acheteur a fait faillite, et j'ai un creux de trésorerie. Mais l'avenir s'annonce radieux.

— Que vendez-vous ?

Le Français se releva, ouvrit un carton et en extirpa une paille ; d'un deuxième, un coton-tige ; d'un troisième, une touillette en plastique.

— Paille, coton-tige et touillette, voici mes vedettes ! Marché hyper concurrentiel, coups bas en tout genre et croisade des écologistes qui prétendent les interdire ! Ils ne connaissent pas Armand. Je me battrai comme un fauve ! Et votre gouvernement songe à proscrire ces objets du quotidien, sous prétexte qu'ils sont trop polluants... du délire ! On parle même d'« urgence mondiale » et d'« extinction de la faune sous-marine » à cause de ces petites choses si pratiques. On perd la boule, inspecteur ! Et comme s'interrogeait votre grand Will : « Quel amusement aurons-nous ce soir ? Quelle mascarade, quelle musique ? Comment tromperons-nous le temps paresseux, si ce n'est par quelque distraction[1] ? » Eh bien moi, je me distrais en touillant ma soupe, en buvant un pastis avec une paille et en me curant l'oreille avec un coton-tige ! Si on continue comme ça, on dévalera la pente fatale.

— Tout votre stock est-il entreposé ici ?

— Un mauvais passage, je vous le confirme. Londres est hors de prix. Ce local est minable, mais abordable. Je déteste Soho en général et cet endroit en particulier. Dès que j'aurai écoulé cette marchandise, déménagement, nouvelle production et conquête du marché. Regardez-moi ça, inspecteur.

De la poche de son pantalon, Rachenois sortit une paille orange.

— Mon nouveau modèle haut de gamme. Les pubs en seront fous. Ah... Ce mal de crâne qui revient.

Le Français s'engouffra dans sa douche et resta penché une longue minute, la tête sous l'eau froide.

---

1. *Le Songe d'une nuit d'été*, acte V, scène 1.

Il s'essuya et revint dans son entrepôt, où Higgins examinait une touillette.

— Super, non ? Et des ayatollahs désirent nous en priver ! À propos… Si ce n'est pas pour m'embêter à cause d'une banale histoire de drogue, pourquoi vouliez-vous me voir ?

— Moonlight.

— Moonlight, Moonlight… Ça me rappelle quelque chose. Une marque de lessive, une navette spatiale… Non, le dernier week-end, le domaine où j'étais invité ! Enfin, invité… Sans intérêt.

— Au contraire, monsieur Rachenois.

— Ça signifie quoi ?

— Qui vous avait convié à Moonlight ?

— Quelqu'un.

— Son nom, je vous prie.

— En Angleterre, on respecte la vie privée. Et cette histoire-là, c'est ma vie privée. Donc, vous oubliez.

— Pardonnez-moi d'insister.

— Dossier clos, inspecteur !

— Pas avant l'identification du criminel.

Le Français fronça les sourcils.

— Criminel : c'est bien le mot que vous avez prononcé ?

— En effet.

— Et qui est la victime ?

— La personne qui vous a convié à Moonlight, Audrey Wani.

— 32 —

Armand Rachenois s'adossa à un mur et croisa les bras.

— Au fond, je ne suis pas surpris. Cette histoire de fous devait finir comme ça. La demoiselle a trop joué avec le feu, et son rêve d'une nuit d'été s'est transformé en cauchemar. La pleine lune favorise les crimes, paraît-il. Là, ça n'a pas raté ! Et dire que j'ai trempé les pieds dans cette mélasse ! Par moments, j'ai le don de m'attirer des ennuis. Au lieu de répondre à cette foutue convocation et de signer ce foutu contrat, j'aurais dû les déchirer en mille morceaux !

— Aviez-vous rencontré Audrey Wani avant le week-end dernier ?

— Une seule fois, dans un restaurant huppé. Elle était seule et semblait s'ennuyer. Exceptionnellement, ce soir-là, je ne sortais pas de petite amie. Alors, je l'ai invitée à boire une coupe de champagne. Elle a souri, nous avons bavardé. Quel charme, cette fille ! Une envoûteuse de première.

— Le vôtre s'est révélé efficace, constata Higgins.

— Mettons les choses au point : vous, les Anglais, estimez que nous, les Français, sommes arrogants et prétentieux. C'est juste de la jalousie. Que ça vous plaise ou non, les faits sont les faits : nous avons la plus belle avenue du monde, les plus beaux paysages du monde, la meilleure gastronomie du monde, les plus belles cathédrales, les plus beaux châteaux, et je pourrais allonger la liste. En amour, le French lover est très recherché. Des siècles de pratique et de séduction. Les Italiens se croient irrésistibles, mais on les bat souvent au poteau.

— De quoi avez-vous parlé ?

— Beaucoup de ma carrière et de mes projets. Je navigue entre les capitales européennes, avant de conquérir les États-Unis, et ce séjour à Londres m'ouvre des horizons. J'ai appris qu'elle s'occupait de finance et j'ai tenté de l'intéresser à mon entreprise, une véritable mine d'or !

— Sa réaction ?

— Passionnée, mais se gardant de l'admettre. Normal, pour un premier contact. Et je ne voulais pas être dévoré par une capitaliste de haut vol. L'hameçon lancé, je l'ai entraînée sur un autre terrain, celui des merveilleuses rencontres dues au hasard. Roméo et Juliette, Paul et Virginie, Chopin et George Sand...

— La soirée s'est donc prolongée ?

Armand Rachenois fit la moue.

— Pas de la manière prévisible. Sans avoir touché à son champagne, elle a quitté la table avec une grâce inimitable. « Merci pour ce sympathique moment. Excusez-moi, j'ai un rendez-vous d'affaires. » Et hop, envolée ! J'en suis resté baba. Il ne me restait que son prénom, Audrey. J'ai aussitôt senti que je venais de tomber amoureux, et pas qu'un peu ! Nuit blanche, son visage, son allure, sa voix en permanence... Un seul objectif : la retrouver. Après deux jours de sidération, exploration sur Internet. En croisant « Audrey » et « finance », à condition qu'elle ne m'ait pas menti, je finirais bien par la localiser. Arrive une lettre, signée d'Audrey Wani ! Et quelle lettre ! Une offre de participation à un concours, chez elle, à Moonlight. Six concurrents pour un seul poste : chevalier servant de Mademoiselle, à la fois amant, accompagnateur, valet de pied, mais ni collaborateur ni mari. Tous frais payés, existence de coq en pâte, contrat à l'appui.

— Et vous avez accepté ces conditions ? s'étonna Higgins.

— Je n'ai pas hésité une seconde.

— N'était-ce pas un peu... humiliant ?

— Vous ne pigez rien, inspecteur ! Un maquillage féminin typique, de l'enfumage, du théâtre ! J'ai flashé pour Audrey, elle a flashé pour moi et ne savait pas comment me l'avouer. Alors, elle a monté ce spectacle, en m'entourant de guignols. Un week-end d'humour anglais dans toute sa splendeur ! Le cirque terminé, lune de miel. Elle aurait jeté au panier ces stupides paperasses. Les femmes sont souvent compliquées, et cette milliardaire-là désirait sortir de sa solitude en accomplissant un coup d'éclat, digne d'Austerlitz. Vous pensez bien que j'ai bondi de joie ! Cette fille était hors catégorie, et je lui donnerais le bonheur qu'elle méritait.

— Comment vous êtes-vous rendu à Moonlight ?

— J'ai vendu récemment mon Alfa Romeo. Agréable à conduire, mais fragile. Connaissant mal la campagne anglaise et redoutant des routes boueuses en cas d'averse, j'ai loué un 4 × 4 japonais. Du robuste. Moonlight, ça en jette ! Je préfère les jardins de Versailles, mais le domaine d'Audrey ne m'a pas déçu. Avec les aménagements que je comptais lui proposer, on aurait eu un chouette parc.

— Êtes-vous arrivé le samedi ?

— À quatorze heures, comme prévu par le protocole. Je m'attendais à une nuée de domestiques, mais personne d'autre qu'Audrey, qui a accueilli elle-même ses invités, sur le perron du château, une bâtisse acceptable. Pas de la grande architecture, et des rénovations à envisager. Bon Dieu, qu'elle était belle ! Les cinq autres étaient presque aussi fascinés que moi.

— Connaissiez-vous certains d'entre eux ?

— Aucun. Audrey nous a indiqué la direction du garage, et nous avons repris nos véhicules, sous une chaleur d'enfer. L'un de ces crétins a failli m'emboutir, mais je ne sais plus lequel. La revoir m'avait sacrément troublé. J'ai garé mon 4 × 4, j'en suis descendu. Et là, ça s'est franchement gâté.

— 33 —

Sans en proposer à Higgins, le Français s'octroya un godet de rhum.

— Atmosphère, atmosphère… D'emblée, celle-là fut détestable ! Au premier regard, la haine. Et chacun a dû penser comme moi : « Qu'est-ce que ces cinq pignoufs viennent faire ici ? » Pignoufs, mais beaux mecs, chacun à sa façon. J'ai pris un coup au moral, ma théorie s'effondrait. Compétition annoncée, compétition il y aurait ! Moi, j'étais amoureux, et j'avais l'intention de vivre avec Audrey. Le bonheur, la fortune, des enfants… Et ces cinq types me barraient la route ! Une grosse envie de meurtre. À mon avis, pareil chez les autres. Côté formules de politesse, néant. On était plutôt au bord de l'affrontement. Heureusement, Audrey nous a attribué nos logements et nous nous sommes dispersés pour les rejoindre. Oh, le pavillon ! Louis XIV devait recevoir comme ça ses hôtes à Marly. Le luxe à l'état pur, le désir immédiat d'en profiter au maximum ! Climatisation idéale, frigo et congélateur remplis de champagne, de caviar, de saumon, de légumes, de fruits, de sorbets, une cave de grands crus, un écran géant, une chambre de star hollywoodienne… Rien que la visite détaillée m'a pris au moins une heure. Et je me suis offert un bain moussant en écoutant les *Nuits d'été* de Berlioz. Les délices de Capoue à Moonlight ! Décontracté comme un yogi après mille et une poses, je n'ai émergé qu'en fin d'après-midi, sous l'effet d'une fringale. Et j'avais de quoi la satisfaire ! Je me suis préparé un petit banquet que j'ai savouré en regardant *Les Incorruptibles*. Ness, un de vos collègues !

Higgins opina du chef.

— Avant le dîner décisif du dimanche soir, reprit Rachenois, le protocole ne prévoyait qu'une obligation : un entretien en tête à tête avec Audrey. Le mien était fixé le dimanche, à quinze heures. Comme j'avais un peu forcé sur le brouilly, je me suis effondré à vingt et une heures et j'ai parcouru un tour de cadran ! Au réveil, j'ai peiné à toucher terre. Où suis-je, dans quel état j'erre et *tutti quanti* ! Une douche interminable, au moins cinq tasses de café, footing autour de mon pavillon et déjeuner léger avant de recevoir Audrey. Cet examen-là, il ne fallait pas le rater ! Et pour être rude, ce fut rude. Douceur, voix envoûtante, pas une once d'agressivité, mais des questions… des questions touchant à mon intimité !

— La liste de vos conquêtes, par exemple ?

— Exact, inspecteur, et ça m'a déstabilisé. Le passé, c'est le passé. Mais elle voulait tout savoir, et j'ai cédé. Le plus dur restait à venir, encore plus intime. Je suis un pudique, moi ! Évoquer ces choses-là…

— Et vous avez encore cédé ?

— Personne ne pouvait résister à Audrey. Entre ses mains, même un mâle dominant n'était qu'un enfant. Nulle méchanceté de sa part, seulement un pouvoir de séduction sans limites.

Le Français but une gorgée de rhum.

— Je n'en ai pas l'air, mais je suis un tendre. Toutes mes aventures amoureuses se sont terminées par un fiasco. Les femmes d'aujourd'hui sont exigeantes et impitoyables. Ce que j'espérais, c'était une bonne épouse, attentive, équilibrée, caressante.

— Et vous supposiez qu'Audrey Wani correspondait à ce portrait ?

— Quand vous êtes amoureux, vous supposez tout ! Malgré sa fortune, ne souffrait-elle pas de la solitude ? Je suis un bon gars, inspecteur. Avec moi, elle aurait été heureuse. Et puisqu'elle était intelligente, pourquoi ne l'aurait-elle pas perçu ?

— Examen réussi, selon vous ?

— J'ai été sincère, mais cela suffisait-il ? Je n'ai pas eu le temps de me triturer la cervelle, car l'heure du prochain rendez-vous approchait : dix-sept heures au château, afin de préparer le dîner. Pour moi, une belle carte à jouer, car la cuisine, c'est mon hobby ! Surtout la volaille. Et que vois-je dans le congélateur ? Des pintades ! Giotanni, l'Italien, s'est déclaré champion des lasagnes. Honnêtement, il ne s'est pas vanté. Affaire conclue, sauf que Carbait a proposé de concocter un menu écossais. Vous imaginez la catastrophe ? Refus unanime. On a distribué les tâches, sous la houlette de l'aristocrate autrichien Franz von Sigental, et on s'est mis au travail.

— Comment connaissiez-vous le nom et la nationalité de vos adversaires ?

— À ce moment-là, je les ignorais. Audrey nous a demandé de nous présenter, au début du dîner, nous obligeant à nous répéter si, sous l'effet de l'émotion, nous n'avions pas parlé fort et clair. Et ce fut le cas de tout le monde. Ces noms-là, je ne les oublierai jamais !

— De l'entraide, en cuisine ?

— Chacun son job. On ne s'est pas marché sur les pieds, on n'a pas échangé trois mots. Table correctement dressée, service convenable. En fait, on était à cran. Après les confessions individuelles, la confrontation collective. C'est parti dès l'apéritif. Quelqu'un a parlé de la robe exposée dans la salle à manger, une pièce immense sobrement décorée. « Ma tenue de fiançailles pour demain. » L'ennui, c'est qu'il n'y aurait qu'un seul fiancé !

— La couleur de cette robe ? demanda Higgins.

— Sombre ou claire... Je ne sais plus.

— Lundi matin, avait-elle disparu ?

— Je l'ignore, je ne suis pas retourné dans la salle à manger.

— Comment s'est déroulé ce fameux dîner ?

— Une horreur, inspecteur ! D'abord, interrogatoire culturel : date de naissance de Churchill, nombre de cantons suisses, capitale du Nigeria... Bêtement, on a tous essayé de répondre, même n'importe quoi ! Moi, j'ai percuté sur Voltaire, l'origine du cassoulet et les victoires d'Anquetil au Tour de France.

— Des félicitations de la part de Mlle Wani ?

— Ni éloges ni réponses ! Elle s'amusait de notre agitation, sans dédain. Une cour de récréation, avec une maîtresse satisfaite de voir des gosses s'ébrouer. Le coup d'accélérateur, ce fut pour le dessert !

— 34 —

Sous l'impact des souvenirs, le niveau du rhum descendait vite, et l'élocution d'Armand Rachenois se brouillait légèrement. Il décroisa les bras et se rassit sur son lit de camp.

— Après les gamineries style jeu télévisé, l'uppercut à l'ego. Toujours aussi charmante, Audrey a tout bonnement exigé que nous nous décrivions et nous évaluions nous-mêmes. Torpille au fond des âmes ! Moi, me dénuder devant ces prédateurs ? Sûrement pas ! Je m'en suis sorti en invoquant mon philosophe préféré, Descartes. À l'écoute de mes adversaires, j'ai compris qui ils étaient. L'attaque en piqué d'Audrey fut un plein succès.

Le Français sourit.

— Le noble autrichien a explosé en vol ! Scandalisé, il a refusé de dévoiler la moindre parcelle de son immense personnalité. Un être glacial et glaçant, fermé à triple tour, imbu de lui-même. À cet instant, il a détesté Audrey. Oser mettre un Franz von Sigental sur le gril, quelle impudence ! Pas du genre à pardonner, le nobliau. Offensé, il s'est retiré dans sa tour d'ivoire.

— Un vexé capable d'exercer une vengeance brutale ? avança Higgins.

— Hum... À vous d'évaluer ! John Carbait, c'est peut-être pire. Son échec, à la cuisine, l'avait rendu morose, voire agressif. Il s'est déclaré fort comme un lanceur de troncs d'arbre et naïf comme une midinette, mais son attitude et son regard trahissaient une vive hostilité à l'égard d'Audrey. Je m'attendais presque à ce qu'il se jette sur elle, et j'étais prêt à le ceinturer. Par bonheur, il s'est retenu.

— Selon vous, une violence rentrée qui devait se manifester à un moment ou à un autre ?

— Probable. Mais était-il plus dangereux que l'onctueux et sucré Edmund Arweit ? Visage d'ange, âme de démon ! Au lieu de se confier, un discours scientifique emberlificoté. Et des yeux d'une fausseté rare. Le prince des truqueurs et le roi des anguilles. Ce type était venu, au minimum, pour voler. Au minimum. Opportuniste à ce point-là, un record !

— J'ai eu l'occasion de rencontrer Massimiliano Giotanni, révéla Higgins. La classe italienne à son apogée.

— Il vous a berné, vous aussi ! Un comédien de première force. « Toutes les femmes me tombent dans les bras », regardez comme je suis beau et attirant ! La caricature du bellâtre méditerranéen. En réalité, une façade. Les lasagnes, impeccables ; le reste, du flan ! Je suis certain que ce cynique sombrait d'échec en échec, et qu'il considérait Audrey comme une superbe occasion. L'amour, il s'en moque. L'argent, il adore. Et il avait une occasion inespérée de devenir riche en remportant cette compétition.

— Une chance sur six.

— Un bon ratio, non ? Et s'il essuyait un nouvel échec, représailles en perspective.

— Au point d'assassiner Audrey Wani ?

Le Français se gratta la tempe.

— Il faudrait une preuve. C'est votre boulot. Giotanni et son enthousiasme qui, d'après lui, l'entraînait sur des voies sans issue... Et si celle-là avait été fatale ?

— J'ai également rencontré Dykter Colan, indiqua Higgins. Sportif, courageux et déterminé, semble-t-il.

— La tête brûlée australienne ! s'exclama Rachenois. Ce qu'il nous a bassinés, avec ses exploits ! Le seul à bavocher en épluchant des légumes. En fait, il a été plutôt concis, mais comme nous échangions peu, ça résonnait. Une brute qui ne s'interroge pas sur elle-même, ignore ses qualités et ses défauts, et ne lit que des bandes dessinées sans trop de texte ? Je n'y crois pas, et pour une bonne raison : Audrey ne l'aurait pas sélectionné. Ce gars-là cachait son jeu.

— Cette remarque vaut pour d'autres candidats, observa l'ex-inspecteur-chef.

— Certes, mais l'Australien était le plus déplaisant ! Ce type m'a tapé sur les nerfs, et je l'aurais volontiers renvoyé dans ses foyers. Incompatibilité d'humeur absolue. Et puis le coup de massue final : « Il est temps de vous reposer, a décidé Audrey. Demain, au breakfast, je désignerai le vainqueur. »

Un ton égal, un dernier sourire, et nous nous sommes retrouvés seuls et stupides. L'un de nous a pris l'initiative de desservir, on a lancé le lave-vaisselle, nettoyé et rangé. Nuit chaude à l'extérieur, température polaire au château. Dispersion en silence, retour à nos pavillons. J'étais hébété, conscient que je ne pouvais plus modifier le verdict. Et s'il était en ma défaveur, je ne l'acceptais pas ! Furieux, j'ai piétiné la pelouse. La migraine m'a obligé à me coucher. Deux aspirines trouvées dans l'armoire à pharmacie. Sommeil perturbé, réveil toutes les heures. Je revoyais Audrey, j'analysais ses réactions.

— Sans le nommer, questionna Higgins, aurait-elle désigné un favori de façon subtile ?

— J'ai eu l'impression qu'elle accordait un intérêt particulier à Edmund Arweit, mais rien d'évident. Elle est demeurée indéchiffrable. Soit elle avait choisi à l'issue des entretiens privés, ou à la fin du dîner, soit elle réfléchirait encore jusqu'à l'ultime seconde. Ce week-end tournait à la torture, et j'avais hâte de l'entendre prononcer sa sentence. Breakfast dans la cuisine, l'Autrichien énervé allant et venant, Arweit presque aussi agité, l'Écossais dévorant des toasts, l'Australien plongé dans son bol de thé, Giotanni sifflotant, et moi grignotant des saucisses grillées. Les minutes passaient, toujours pas d'Audrey. Au milieu de la matinée, l'Autrichien a explosé. D'après lui, la belle s'était bien amusée avec un tas d'imbéciles. On avait l'air assez ridicules comme ça pour ne pas rester à Moonlight une minute de plus. Son discours nous a convaincus. On a foncé dans nos voitures, comme aux Vingt-Quatre Heures du Mans, et on a quitté le domaine, pied au plancher.

— Et vous n'avez aperçu aucun employé ?

— Le domaine était désert. En roulant vers Londres, j'ai failli avoir un accident, tellement la situation me déconcertait. Quelque chose ne collait pas. On n'aurait pas dû s'enfuir comme des voleurs, mais quoi faire d'autre ?

— Je requiers toute votre attention, monsieur Rachenois : êtes-vous certain, absolument certain, de ne pas connaître Abercrombie Northgate ?

Le Français se concentra.

— J'ai croisé un Northwind et un Northpool, mais pas de Northgate. Il fait quoi, votre bonhomme ? Vous le suspectez d'avoir agressé Audrey ?

— Secret de l'enquête.

— J'aimerais qu'elle aboutisse, votre enquête ! Car la théorie de la mascarade, je n'y crois plus ! Audrey voulait vraiment un chevalier servant, et l'heureux élu, c'était peut-être moi. Il lui est forcément arrivé quelque chose. Quelque chose de grave.

— Puisque vous êtes à la recherche d'un nouveau local, je suppose que vous ne quitterez pas Londres, ces prochains jours ?

— Sûrement pas, mais... Vous m'assignez à résidence ?

— En fonction des éléments recueillis, il sera peut-être nécessaire de nous revoir.

Armand Rachenois eut un œil noir.

— Mon mauvais sentiment et maintenant Scotland Yard : Audrey a été enlevée. Il faut dénicher le coupable, inspecteur ! Et quand vous lui aurez mis la main dessus, avertissez-moi ! J'aurai deux mots à lui dire. Audrey… Je souhaiterais tellement la revoir !

— 35 —

En montant à l'arrière de la Land Rover, Higgins sentit aussitôt que Bug Bugsy était plus crispé qu'à l'ordinaire.

— Je n'ai pas à répondre au téléphone de voiture, se plaignit-il. Ma mission officielle se limite à la conduite. Comme il ne cessait pas de sonner, j'ai outrepassé mes obligations. Un appel pour vous. Le superintendant Marlow désire vous voir à son bureau dès que possible. Je lui ai signifié que mon intervention, non réglementaire, méritait une rétribution.

— Merci de votre aide.

— Prochaine destination ?

— La zone industrielle de l'Est.

Higgins fournit l'adresse précise, Bugsy enclencha le GPS. La canicule tournait à la fournaise, aucune amélioration à court terme.

Les tentacules de la pieuvre londonienne progressaient dans toutes les directions, semant sur leur passage des bâtiments plus hideux les uns que les autres. Il en allait ainsi de toutes les mégapoles, fourmilières géantes où s'agitaient des humains déboussolés.

Fallait-il que l'âme d'Audrey Wani fût assez puissante pour arracher Higgins à la quiétude de son manoir et le contraindre à s'immerger dans ce monde-là. Mais elle ne reposerait pas en paix tant qu'il n'aurait pas identifié son assassin. Un appel venu de loin, de très loin, auquel il se devait de répondre.

Panneaux publicitaires, hangars métalliques, enseignes géantes... Un déploiement de laideur.

Bugsy stoppa.

— L'endroit recherché se trouve entre le magasin d'électroménager et le vendeur de luminaires.

Occupant la façade du local, un gigantesque jean. À hauteur d'homme, un panneau : « *No entry* ».

Higgins franchit quand même le seuil.

Un local d'une centaine de mètres carrés, faiblement éclairé, rempli de cartons. Au fond, un homme devant un ordinateur.

Higgins toussota.

L'homme se retourna.

Un mètre quatre-vingt-cinq, la tête carrée, les traits taillés à la serpe, le physique d'un rugbyman, telle une deuxième ligne interceptant tous les ballons en touche et renversant l'adversaire pour marquer l'essai. Le mâle par excellence.

— Vous n'avez pas vu « *No entry* » ?

— Si.

— Alors, dégagez !

— Inspecteur Higgins, Scotland Yard.

— Un flic anglais, chez moi... Elle est bonne, celle-là !

— Monsieur John Carbait ?

— Ça vous dérange ?

— J'aimerais m'entretenir avec vous. Nous avions rendez-vous.

— Dernier avertissement : dehors !

— Puisque vous refusez une simple conversation, vous serez convoqué à Scotland Yard. Bonne fin de journée.

Au moment où Higgins tournait les talons, Carbait bondit.

— Pas si vite ! Je suis un type honnête et je n'ai rien à me reprocher ! C'est quoi, cette embrouille ?

— À votre avis ?

Carbait tapa du poing sur un carton.

— Ça va, j'ai pigé ! J'ai pas payé les taxes sur mes jeans, hein ! Vrai, deux fois vrai, et ton fisc, je l'écrabouille ! Voilà des siècles que l'Angleterre opprime l'Écosse, mais la dictature est à bout de souffle. Demain, nous serons libres. Et moi, je mène la révolution à ma façon, en refusant que des suceurs de sang me tondent la laine sur le dos !

Vingt-six ans, bouillonnant, le verbe haut, le jeune homme était l'incarnation du guerrier des Highlands, très différent du freluquet moyen.

— La fiscalité n'est pas ma spécialité, objecta Higgins.

— Ben voyons… Et c'est quoi, votre spécialité ?

— Affaires criminelles.

— Celle-là, elle est encore meilleure ! Vendre des jeans sur un marché surtendu, c'est un crime ? Ils ne sont pas au goût de Sa Gracieuse Majesté, je parie ! Vous ne savez sûrement pas d'où ils proviennent !

— Éclairez-moi, monsieur Carbait.

— De la futaine de Gênes, une étoffe bleue qui servait à recouvrir les marchandises, au XVIe siècle. Le jean ne s'est imposé aux États-Unis qu'au XIXe, comme pantalon de travail, avec gousset pour la montre. À partir de 1930, équipement indispensable du héros de western, et conquête de la planète entière. Un marché colossal. Et vous vous demandez ce qu'un révolté d'Écossais vient faire dans cette bagarre ? Une idée géniale, comme on en a beaucoup dans mon pays ! Je suis retourné au denim, la toile de Nîmes, celle de l'uniforme des marins génois. Et je l'ai proposée aux congrégations religieuses féminines. De quoi les moderniser et les rendre attractives, en cette période de crise des vocations. Ça vous sèche, hein ? Déjà une commande espagnole, et ce n'est qu'un début. Une bonne sœur en jean, coiffe comprise, c'est craquant !

John Carbait fixa Higgins.

— Je vous vois venir, vous êtes un écolo opposé au progrès et à la mode ! Et vlan, la cascade d'arguments anti-jean : vingt mille litres d'eau pour la production d'un kilo de coton, vingt-cinq pour cent des ventes mondiales d'insecticides pour sa culture, réactifs toxiques, comme l'acide cyanhydrique qui pollue les nappes phréatiques, exploitation de travailleurs misérables. Et alors ? Tout le monde s'en fout ! On veut nos jeans, et pas un gouvernement ne lèvera le petit doigt. Et on peut compter sur l'Organisation internationale du travail des Nations unies pour promouvoir le coton bio et le respect des droits de l'homme !

L'Écossais partit d'un rire tonitruant.

— Allez, inspecteur, montrez-moi votre fiche de contrôle. Je la signe et vous retournez à votre bureau. Classez-la dans la bonne pile, celle qui va directement à la poubelle.

— Nous nous sommes mal compris, monsieur Carbait. Le crime que j'évoquais concerne Audrey Wani.

— 36 —

— Audrey Wani, répéta l'Écossais, dont le visage s'était fermé. Connais pas.

— Et Moonlight ?

— Connais pas non plus. Ce sera tout ?

— Nous partons sur de mauvaises bases, monsieur Carbait. J'oublie ces mensonges, dus à un mouvement d'humeur, et vous me dites la vérité.

L'Écossais ouvrit un carton, en extirpa un jean d'un bleu éclatant et agrafa une étiquette.

— Hier, c'est hier.

— Précisément le week-end dernier, indiqua Higgins.

— La police anglaise interdirait-elle à un Écossais de partir en week-end ?

— Évitons les gamineries, voulez-vous ? Mlle Wani a disparu. Enlèvement et peut-être assassinat. Aussi votre témoignage me sera-t-il fort précieux.

— Je n'ai été témoin de rien.

Avec la régularité d'une machine, Carbait étiquetait ses jeans.

— Reconnaissez-vous avoir été présent à Moonlight, le domaine d'Audrey Wani, le week-end dernier ?

— Faut bien. Ça vous suffira ?

— J'aimerais des détails.

— Y en a pas. J'y suis allé et j'en suis reparti.

— L'invitation n'était-elle pas… originale ?

— Chacun voit midi à sa porte.

Higgins déambula dans l'entrepôt.

— Vous avez accepté un contrat : participer à un concours, dont le gagnant deviendrait le chevalier servant de Mlle Wani. Être à ses côtés et en permanence à sa disposition, en échange d'avantages non négligeables. Signer un tel document impliquait une forte dose d'humilité, voire de complaisance.

L'Écossais ne broncha pas.

— Possédez-vous une voiture, monsieur Carbait ?

— Une vieille Ford.

— L'avez-vous utilisée pour vous rendre à Moonlight ?

— Ni gare ni aéroport. Pas le choix.

— Vous êtes arrivé samedi, à quatorze heures, en même temps que vos cinq adversaires. Un domestique vous a accueilli.

— Les cinq, OK. Le domestique, non. Personne d'autre que la fille.

— Abercrombie Northgate ne s'est-il pas préoccupé de vos conditions de séjour ?

— La fille était seule, je vous dis !

— Pourquoi avez-vous souscrit à ses exigences ?

— Une connerie.

— N'auriez-vous pas dû repartir immédiatement ?

— Un Écossais ne recule pas. J'y étais, j'y resterais. Quand on se bat, on se bat. On me lance un défi, je le relève.

— Aviez-vous rencontré Mlle Wani auparavant ?

L'Écossais hésita.

— Plus ou moins.

— Plutôt plus ou plutôt moins ?

— Ça dépend du point de vue. Je vendais mes jeans sur un marché, il y a un mois. Cette fille m'en a acheté un et a noté mes coordonnées.

— Et vous avez reçu une lettre-contrat. Un défi à relever.

Carbait grommela.

— Un samedi agréable ? demanda Higgins.

— Non.

— Étiez-vous mal logé ?

— Un pavillon de richard. De l'esbroufe. J'ai détesté. J'aime l'air pur, les grands espaces. Pas les cabanes de rupins. Moonlight, du trafiqué. L'ennui mortel.

— Vous n'avez pas eu envie de visiter les lieux ?

— Pas un instant. Je me suis calé dans un fauteuil et je suis resté aussi immobile qu'une statue. Quand j'étais gosse, j'avais l'habitude de passer des heures dans le vent, au sommet d'une colline. Mais qu'est-ce que je faisais là ! Pourtant, pas question de fuir. Cette gamine voulait me piétiner, elle en prendrait plein la figure.

— À quel moment était fixé votre entretien privé avec Audrey Wani ?

— Dimanche, dix heures, au pavillon.

— Et vous n'en avez pas bougé ? s'étonna Higgins.

— À quoi bon ?

— Avez-vous au moins profité des victuailles ?

— Même pas. Du jambon, du pain, un whisky. En randonnée, dans les Highlands, j'ai survécu avec moins que ça. Dormir fut ma principale activité. Dans mon job, les nuits sont courtes.

— Cet entretien fut-il… enrichissant ?

— Très bref. La gamine a voulu m'entreprendre sur ma vie sentimentale. Je l'ai stoppée immédiatement. Ça ne la regardait pas. Et si elle n'avait rien d'autre à dire, qu'elle aille se faire voir ailleurs. Domptée, la pouliche. Alors, elle a compris ce qu'était un homme. Et elle est partie.

— Fâchée ou non ?

— Toujours son éternel sourire. Mais elle avait reçu une bonne leçon.

— Vous n'étiez pas sensible à son charme, semble-t-il.

— L'homme commande, la femme obéit. C'est comme ça que le monde fonctionne.

— Et ce dîner décisif ?

— 37 —

Visiblement furibond, John Carbait s'installa devant son ordinateur. Sur l'écran défilèrent des chiffres.

— Mes ventes prévisionnelles, congrégation religieuse par congrégation religieuse. Le dîner... Que des saloperies ! Le bellâtre italien, Giovanni ou Giotanni, avait préparé des lasagnes infectes. Ça colle aux dents et ça pèse sur l'estomac. Et les bestioles au four de Rochebois, un Français, étaient complètement ratées. Le reste à l'avenant. Si j'avais cuisiné moi-même, on aurait eu du consistant. Mais ces messieurs ont fait la fine bouche, en particulier cette gouape de Rochebois.

— Rachenois, rectifia Higgins.

— Peu importe ! Ce type-là, c'est un malfrat. Le vin qu'il a choisi, une horreur ! Il m'a tourné l'estomac, je n'avais plus ma tête. Je suis presque sûr qu'il l'avait drogué. Votre Français, il trafique. C'est pas pour les beaux yeux de la châtelaine qu'il était là, mais pour son portefeuille. Et l'Italien aux lasagnes ne valait pas mieux. Ils avaient décidé de se partager la fille et son magot. Ces coups-là, je les renifle !

— Avez-vous tenté de répondre aux nombreuses questions de Mlle Wani ?

— Tout se brouillait autour de moi. On m'avait drogué, je vous dis ! Je ne me souviens plus de rien.

— Même pas d'avoir parlé de votre principale qualité, le courage, et de votre principal défaut, la naïveté ?

— Moi, naïf ? Qui a inventé ça ? À cause de cette saleté de vin trafiqué, je tenais à peine debout. Et si j'ai causé, j'ai raconté n'importe quoi. Le brouillard s'est vaguement dissipé au dessert, et j'ai entendu la fille nous ordonner d'aller nous coucher. Avant de regagner mon pavillon, j'ai passé l'aspirateur dans la salle à manger, avec cette arpette de Tarweit. À la fin, je l'ai vu serrer les poings et je l'ai entendu murmurer : « C'est gagné, c'est gagné ! » Un ado attardé, une lopette pareille… Juste un déchet prêt à tout pour se caser et mener la grande vie. Incapable de satisfaire une femme.

— Les tâches ménagères accomplies, n'avez-vous pas eu envie de vous promener dans le parc et de goûter cette nuit d'été ?

— Je déteste la chaleur. Elle pourrit tout. Pour retrouver mon punch habituel, j'ai bu un whisky. Au moins, c'était du bon.

— Ne désiriez-vous pas connaître le verdict d'Audrey Wani ?

— Du bidon ! Juste une richarde qui voulait s'amuser. Et si ce concours était sérieux, elle n'avait qu'un choix possible : moi. Je l'aurais dressée, la cocotte, et elle m'aurait remercié. Il fallait voir leur tronche, aux cinq nullards, le lundi matin, au breakfast ! Le pire, c'était l'Australien, le nez dans son bol de thé, avachi, sans réaction. Un sportif, ce mollusque ? Sur un terrain de rugby, je lui percute le bide et il reste sur la pelouse pour le compte. Encore un qui cherchait à se caser. Et l'aristo énervé, l'Autrichien, qui faisait les cent pas et me tapait sur le système ! M. le général en chef, raide comme un piquet, prétendait déjà gouverner le château, et voilà que sa promise lui pose un lapin ! Il avait l'air malin, le grand stratège.

— N'auriez-vous pas remarqué un détail insolite dans la salle à manger ? questionna Higgins.

— Trop grande. Du mauvais théâtre.

— Mlle Wani n'a-t-elle pas évoqué une robe de fiançailles ?

— Me souviens pas. Possible. Toujours du théâtre, et du mauvais. Le général en chef autrichien a fini par craquer. Une belle colère ! Puisque la fille s'était moquée de nous, départ immédiat. On a tous foncé. Adieu Moonlight, adieu ce week-end frelaté et cette manipulatrice.

De l'index, l'Écossais toucha un chiffre sur l'ordinateur.

— L'Italie, une belle prise ! Là-bas, on lance des modes. Mon jean religieux et féminin, il va cartonner.

— Vous ne paraissez guère ému par la disparition d'Audrey Wani, observa Higgins.

— Quand on joue avec le feu, on se brûle. Moi, je suis un gars normal. Les cinq autres, des cinglés. Un cinglé, ça commet des dégâts. Et cinq, encore plus.

— Comptez-vous rester à Londres ces prochains jours ?

— Ça vous dérange ?

— Nous revoir sera peut-être nécessaire.

— Je suis un homme libre, je vais où je veux quand je veux. Ne me cassez plus les pieds. Cette histoire de fous, terminé.

— Peut-être à bientôt, monsieur Carbait.

L'Écossais eut un geste dédaigneux, Higgins referma son carnet noir et sortit de l'entrepôt.

À l'extérieur, un four. Si la canicule s'amplifiait, les plus belles pelouses, même arrosées, jauniraient.

La porte du local claqua. John Carbait n'avait pas apprécié l'intrusion de la police.

Immobile à son volant, Bug Bugsy continuait à s'immerger dans sa vie intérieure.

— Nous en avons presque fini pour aujourd'hui, dit Higgins en s'asseyant à l'arrière. Merci de me conduire à New Scotland Yard.

— Cet « aujourd'hui » signifie-t-il qu'il y aura un « demain » ?

— Je l'ignore encore.

— L'imprécision mène au désordre. J'attendrai les instructions du superintendant Marlow.

— 38 —

Hymne à la modernité et aux outils informatiques, le bureau du superintendant de première classe Scott Marlow n'en comportait pas moins quelques hommages à la monarchie britannique qu'il vénérait, tels une reproduction d'un tableau magnifiant le couronnement de la reine Victoria ou un portrait d'Élisabeth II, dont il avait eu l'insigne honneur d'assurer la protection rapprochée[1].

Par bonheur pour Higgins, la climatisation était en panne, et deux ventilateurs assuraient une circulation d'air tout à fait suffisante. Véhiculant des milliards de microbes dans les avions, les trains, les automobiles, les appartements et autres locaux, les systèmes de climatisation favorisaient la diffusion des épidémies. Mais l'OMS, soucieuse des intérêts de ses hauts fonctionnaires et attentive à la bonne santé de l'industrie, ne s'attaquait pas à ce genre de problème.

---

1. Voir *Sauvez la reine !*, Les Enquêtes de l'inspecteur Higgins, n° 29.

Malgré la surchauffe, le superintendant portait un costume gris et une cravate à pois, malheureusement mal assortie. Conscient de son grade, il évitait les tenues négligées.

— Désolé, Higgins. Les recherches n'ont pas abouti. Audrey Wani s'est évaporée. Pourtant, je n'ai pas lésiné sur les moyens, d'autant plus que les milieux économiques, au plus haut niveau, ont manifesté leur inquiétude. Cette jeune femme jouait un rôle important, et son absence à certaines réunions a provoqué de sérieux remous. Elle n'a quitté le pays ni en avion, ni en bateau, ni en train. Je maintiens le dispositif de surveillance. De votre côté, une piste sérieuse ?

— Seulement une intuition : assassinat.

— Un début de preuve ?

— J'ai interrogé les suspects, dont je vous ai cité les noms, et recueilli beaucoup d'éléments qu'il me faut à présent trier.

Du point de vue de Marlow, un cauchemar. Pas de cadavre, et aucun indice fourni par la police scientifique. Il ne restait que Higgins et son carnet noir pour tenter de percer une énigme, peut-être à jamais hermétique.

— À cause de problèmes informatiques, indiqua le superintendant, ce fut longuet, mais j'ai des informations à vous fournir sur vos suspects. Tenez-vous bien : ils sont tous connus de la police.

Higgins hocha la tête.

— Commençons par l'intendant, Abercrombie Northgate, déclama Scott Marlow en consultant un écran. À plusieurs reprises, voici une vingtaine d'années, il a été interpellé pour braconnage. D'après les procès-verbaux, un bonhomme plutôt rugueux, qui considère que la chasse est un droit acquis et que les restrictions ne sont pas justifiées. Il a réglé une grosse amende en plusieurs versements, et la leçon a porté. Plus d'infraction.

Higgins compléta ses notes.

— Massimiliano Giotanni, reprit le superintendant, a ouvert à Leicester une boutique de postiches, il y a deux ans. Les plaintes ont afflué quand des clients se sont aperçus qu'il vendait des cheveux artificiels au prix des vrais. Sa bonne foi n'a pas été retenue, il a été condamné pour fraude et tromperie sur la marchandise. Les acheteurs lésés ont été indemnisés et la boutique a fermé.

— Auriez-vous la liste de ces clients ?

— Je vous l'imprime.

Quinze personnes, dix femmes et cinq hommes. Pas un des suspects de Moonlight. A priori, lorsqu'on portait plainte en espérant une compensation financière, on ne donnait pas une fausse identité.

— Dykter Colan, poursuivit Marlow, a volé une montre ancienne chez un antiquaire. Ce dernier l'a vu la glisser dans sa poche. Colan a tenté de s'enfuir, mais le commerçant a alerté les passants, qui ont intercepté le jeune homme, lequel a opposé une forte résistance. Par chance, une voiture de police patrouillait à proximité du magasin, et le voleur a été maîtrisé. À son larcin s'ajoutait la rébellion contre l'autorité. En plaidant l'addiction aux montres rares et la panique d'un gamin étranger, australien en l'occurrence, son avocat lui a évité la prison. Trois mois de travaux d'utilité publique qu'il a accomplis sans broncher. Un doigt de whisky avec un glaçon, Higgins ?

— Volontiers.

Marlow recevait un nectar issu d'une distillerie vaguement clandestine, sise sur une petite île d'Écosse. Il emplit deux verres.

— Passons à Franz von Sigental. Il avait créé, sur Internet, un site de vente d'un vin autrichien, entièrement naturel, qui provenait de sa propriété, proche de Vienne. Un prix élevé, correspondant à un produit d'exception. Malheureusement pour lui, un œnologue a analysé le breuvage. Un assemblage de piquettes bourrées de produits chimiques. Quant au domaine viticole, il n'a jamais existé. Résultat : un an de prison avec sursis, et une amende salée.

Les deux collègues burent une gorgée. On touchait au sommet de l'art du whisky.

— En ce qui concerne l'Écossais John Carbait, du classique : ivre mort, il a démoli un bar, à Glasgow, à coups de hache. L'interpellation fut musclée. Cellule de dégrisement, une semaine de préventive, et jugement clément, en échange du paiement des dégâts et de l'engagement solennel de ne pas recommencer. Depuis l'incident, il s'est tenu tranquille.

Un autre dossier apparut sur l'écran.

— Le cas Edmund Arweit est complexe. Il a été impliqué dans une sombre affaire de vente de médicaments périmés à des pays d'Afrique. Une pratique bien connue, et des bénéfices colossaux pour corrupteurs et corrompus. Arweit n'était qu'une petite main, et sa responsabilité fut jugée limitée.

L'un des téléphones sonna. Marlow décrocha, écouta et ne prononça qu'un seul mot : « non ».

— Un problème de bière à la cantine, expliqua-t-il. Je refuse d'en changer. Dernier cas : celui du Français Armand Rachenois. Un autre grand classique : faux accidents de voiture, escroquerie aux assurances. Son petit réseau a fonctionné pendant six mois, mais un comptable attentif a repéré des anomalies. Et un inspecteur a stoppé la bande. Rachenois a plaidé l'innocence ; terrorisé par ses complices, il n'aurait rien osé leur refuser. La justice a été convaincue. Six mois de prison avec sursis et amende modique. Voilà ce que nous avons, Higgins.

— Merci, superintendant.

— Des éléments utiles ?

— Le moindre détail peut être significatif.

— Croyez-vous réussir à identifier un coupable ?

— Sincèrement, la tâche sera difficile.

— Satisfait de votre chauffeur, Bug Bugsy ?

— Il est parfait.

— 39 —

À l'hôtel Connaught, fleuron de Carlos Place et symbole de la tradition du confort britannique, on accueillait toujours Higgins avec chaleur, bien qu'y obtenir une chambre ne fût pas aisé. Les nécessaires rénovations n'avaient pas altéré le classicisme et le bon goût de cet établissement haut de gamme, dont la réputation était maintenue par un personnel stylé et dévoué.

Le directeur en personne reçut l'ex-inspecteur-chef et, en commentant les conditions climatiques, le conduisit à la salle à manger aux remarquables boiseries.

En proie à une intense réflexion, Higgins se contenta d'un dîner léger : foie gras aux figues, côte de bœuf aux herbes aromatiques et aux légumes de saison, farandole de fromages de chèvre, sorbet au cassis. En dégustant, il revécut ses entretiens avec les suspects, se remémora leurs visages, leurs expressions, leurs attitudes. De simples impressions, certes, mais une vision d'ensemble indispensable avant de scruter les détails consignés dans le carnet noir.

Des êtres très différents les uns des autres, des personnalités particulières, des trajectoires originales convergeant vers une jeune femme extraordinaire, Audrey Wani. Curieusement, au fil des témoignages, Higgins avait l'impression de l'avoir connue. Des dons exceptionnels, l'intelligence, la beauté, le charme... et la solitude. Un désespoir qui rongeait son quotidien et lui interdisait le bonheur, au point d'avoir une idée folle et d'organiser ce concours extravagant.

Folie, extravagance, mais un protocole rigoureux. En réalité, la jeune femme n'avait rien laissé au hasard. Voilà la base sur laquelle l'ex-inspecteur-chef devait s'appuyer. Génie de la haute finance, Audrey Wani n'avait rien d'une écervelée. Elle s'était fixé un but en se donnant les moyens de l'atteindre, selon des critères précis. Certains avaient été dévoilés au cours du week-end, d'autres non. À Higgins de les décrypter pour établir la vérité. En pénétrant dans l'esprit d'Audrey, adopterait-il son regard sur sa propre existence, et saurait-il pourquoi elle s'était comportée ainsi ?

Chimère, probablement, puisqu'il ne pouvait l'appréhender qu'à travers les miroirs déformants d'un vieil intendant et de six prétendants, prêts à s'entretuer.

L'erreur fatale de la jeune femme : avoir cru qu'elle contrôlerait la situation du commencement jusqu'à son terme. Dans son milieu, une mare remplie de requins, elle se méfiait à chaque instant. Chez elle, à Moonlight, tout en restant à la barre du navire, elle avait baissé la garde. Comment imaginer qu'on s'en prendrait à elle, avant qu'elle ne désigne l'heureux élu ? Cette faute-là, Audrey l'avait chèrement payée.

Higgins, à son tour, éprouva un sentiment de solitude. Malgré ses moyens, la puissante machinerie de Scotland Yard ne lui procurait aucune aide. Et si le corps de la victime n'était pas retrouvé, l'affaire serait classée.

Ayant choisi un saint-émilion afin d'accompagner les mets, remontant recommandé par l'Association des médecins amis du vin, l'ex-inspecteur-chef ne ressentait aucune lassitude, au contraire. Face au mystère, il ne baisserait pas les bras. Incongru, de se lier ainsi à une inconnue ? Non, puisque le destin avait façonné leur rencontre, même si Higgins se trouvait du côté de la vie et Audrey Wani de l'autre.

Une tisane de thym au miel l'attendait dans sa chambre. Après une longue douche brûlante et un vigoureux brossage des dents à l'aide d'un dentifrice aux algues, Higgins s'installa confortablement sur son lit, le dos calé contre deux oreillers.

Et il commença la lecture de ses notes, ligne après ligne, revenant souvent en arrière.

Contradictions, approximations, omissions, révélations plus ou moins volontaires… Les matériaux étaient abondants, mais il fallait trier l'essentiel et le secondaire.

Sans aboutir à une solution indiscutable, l'ex-inspecteur-chef éteignit la lumière à deux heures du matin.

*

Pendant le sommeil, son esprit continua à travailler et à rechercher des indices déterminants. Au réveil, une certitude : le carnet noir contenait la solution. À Higgins d'avoir des yeux pour voir.

Ses ablutions furent couronnées par l'eau de toilette Millefleurs, additionnée d'une senteur d'ambre. Elle conviendrait à la température du jour qui, selon les prévisions, dépasserait allègrement les trente degrés.

Chemise blanc cassé, nœud papillon d'un rouge discret, blazer bleu léger, pantalon de lin et confortables pieds tournants, des chaussures sur mesure permettant d'affronter de longues marches : Higgins était équipé en vue d'une journée dont il pressentait l'importance, sans savoir encore comment il agirait, après avoir reçu les informations récoltées par son ami banquier. Comme ce dernier lui réservait un breakfast digne de la Banque d'Angleterre, l'ex-inspecteur-chef s'était contenté d'une tasse de café et d'une compote de pommes. Jamais de jus d'orange, qui lui bloquait le foie, et surtout pas de thé, une boisson qui lui soulevait le cœur.

Sous un soleil déjà ardent, un taxi l'emmena à son rendez-vous.

— 40 —

Marmelade d'Oxford, œufs brouillés, toasts au caviar, salade de fruits rouges, arabica de grande classe et champagne rosé : Watson B. Petticott savait recevoir et acquérir l'énergie indispensable pour survivre dans la tourmente financière quotidienne. Réservé au breakfast, un salon, au tapis de laine vert sombre, était décoré de natures mortes.

— Mon enquête n'a pas été facile, confessa-t-il à Higgins, car tes suspects ne sont pas des managers en vue et ne dirigent pas de grandes entreprises, c'est le moins que l'on puisse dire ! Mais ils laissent des traces, comme tout commerçant, et mes services ont réussi à les cibler, à l'exception d'un seul : Abercrombie Northgate. Celui-là n'a monté aucune société. Seule activité connue : intendant du domaine de Moonlight.

Higgins élimina une hypothèse.

— L'Autrichien Franz von Sigental, reprit Petticott, est créateur de luxueux blousons coupe-vent à poches multiples, destinés aux voyageurs fortunés. Mauvaise idée, car le créneau est occupé par des industriels qui déclinent ce produit en blazers et sweat-shirts, à tous les prix.

— D'après lui, « Un lion peut bien parler quand il y a tant d'ânes qui parlent ».

— Shakespeare ?

— *Le Songe d'une nuit d'été*, acte V, scène 1, précisa Higgins. Franz von Sigental s'est approprié ce texte en oubliant de citer l'auteur.

— Il a également oublié de payer le loyer de son entrepôt et a dû déménager en vitesse ! Faillite assurée. Ses ventes sur Internet ? Une misère. Contrairement à ce que pensent beaucoup d'utopistes, ça ne marche pas si aisément. En plus, ton Autrichien est accusé de fraude et de vol de voiture. On ne l'a pas encore appréhendé, mais l'addition sera lourde. Ce type-là est au bord du gouffre.

« Au moins, pensa Higgins, je lui aurai offert un bon repas. »

Watson B. Petticott ne put s'empêcher de poser la question qui lui brûlait les lèvres :

— Un profil d'assassin, à ton avis ?

— Le personnage a une haute idée de ses capacités, mais aujourd'hui, il crève la faim. Plutôt rigide, un tempérament de chef, le besoin de paraître, écologiste de circonstance, désireux d'être adulé, et doué pour se faire détester. Il ne supporte guère qu'on lui résiste.

— Et si Audrey Wani avait osé lui résister…

Higgins ne commentant pas, le banquier passa au dossier suivant.

— Edmund Arweit, le roi des boissons oxygénées, du cocktail antipollution, de la cannette d'air pur ! Une vieille arnaque remise au goût du jour ! Vu le niveau de la bêtise internationale, pourquoi ne pas essayer ? « L'air, c'est la vie », excellent slogan ! Le problème, c'est la technique de la fausse bombe aérosol, qui exige beaucoup de capitaux, dont Arweit ne disposait pas. Et sans un circuit de distribution, crash assuré. Son soda à l'oxygène, une start-up qui s'est écrasée au décollage.

— Un être ambigu, estima Higgins. Il vénère la lune, flotte entre le jour et la nuit, entre deux cultures, entre le rêve et la réalité. Un éternel adolescent devient-il quand même adulte, à l'occasion d'une épreuve inattendue ?

Sans opinion tranchée, Petticott progressa.

— Dykter Colan, Australien et horloger. Il a proposé ses produits aux écoles britanniques, qui les ont refusés. Qu'elle soit ronde, ovale, rectangulaire ou psychédélique, l'horloge murale, c'est dépassé. L'affichage numérique sur smartphone, la norme. Les nouvelles générations n'apprendront même plus à lire l'heure. Ton Colan est empêtré dans un passé révolu. Seule solution : devenir antiquaire.

— C'est son intention, révéla Higgins. Et s'il échoue encore, il lui restera le sport. Son physique lui ouvre de nombreuses disciplines.

— L'Italien Massimiliano Giotanni n'a pas eu de chance. Son invention, le Bionic Stylistic Hairsystem, avait déjà été… inventée ! Il s'est contenté de copier un objet existant, en prétendant l'améliorer.

Le propriétaire du brevet a lancé une attaque dévastatrice : Giotanni chassé de son hôtel particulier de Mayfair, atelier de production fermé, et procès pour contrefaçon, sanctions sévères à la clé.

— Un individu plus complexe qu'il n'y paraît, jugea Higgins. Il joue le rôle du bellâtre superficiel, persuadé que son charme naturel suffira à envoûter ses interlocuteurs. Comme les résultats commerciaux n'y succombent pas, quel autre chemin emprunter ?

— Le Français Armand Rachenois semblait plus astucieux. Puisque les Britanniques jettent, chaque année, environ neuf milliards de pailles en plastique, pourquoi ne pas occuper le secteur, en y ajoutant cotons-tiges et touillettes ? Société montée à crédit, production à crédit et… flop ! Un sondage ravageur : quatre-vingt-cinq pour cent des utilisateurs veulent renoncer à ces petits fléaux, préjudiciables à l'écosystème. Les écolos poussent leurs pions, le gouvernement les approuve. Et ton Français se retrouve… sur la paille ! D'autres ont les reins assez solides pour résister, pas lui.

— Sa situation n'est pas brillante, approuva Higgins. Bonimenteur ou homme d'action ? Truqueur ou entêté ?

— Dernier cas, celui de l'Écossais John Carbait, l'adepte du jean religieux. Un taureau des Highlands face à Levi Strauss et autres monstres de ce marché-là. Un temps de retard, ton bonhomme ! Les religieuses, les patrons de l'univers du jean y avaient déjà songé. Pas un seul client pour l'Écossais.

— Même en Espagne ?

— La prévente a été annulée. Les jeans, coiffe comprise, que portent les religieuses ibériques ne seront pas les siens. Carbait n'a plus qu'à fermer boutique.

— À la lumière de tes informations, mes six suspects étaient en situation d'échec. Et leur unique espoir consistait à devenir le chevalier servant d'Audrey Wani. Des conditions draconiennes, certes, mais l'assurance d'échapper à la misère.

En buvant du champagne rosé, Watson B. Petticott eut une idée.

— Elle les a soumis à de nombreux tests, je présume ?

— En effet.

— Oralement, elle n'en a désigné aucun ?

— Pas d'après les témoignages recueillis.

— Et si elle avait écrit une sorte de testament, indiquant le nom du vainqueur ?

— Merci de ton aide, Watson.

Comment ne pas songer à l'*Ode à la princesse disparue*, œuvre poignante de la grande poétesse Harriett J. B. Harrenlittlewoodrof qui, vu la chienlit du prix Nobel de littérature, méritait mieux :

Ombre argentée de l'espoir évanoui,
Douceur abolie d'un sourire trahi,
Regard perdu d'un amour détruit,
M'ouvrirez-vous les chemins de l'infini ?

— 41 —

Dans le taxi qui le reconduisait à son hôtel, Higgins feuilleta une fois de plus son carnet noir. Et soudain, un détail lui sauta aux yeux. Insignifiant ou déterminant ? S'il en tenait compte, une logique s'enclenchait-elle ? Le deuxième détail lui apparut. Et le troisième. Oui, une entreprise criminelle surgissait de la lecture de ses notes.

Juste des déductions et pas de preuves matérielles ? Pas si sûr. Car l'assassin avait disjoncté. Mais son erreur permettrait-elle à la police scientifique de remonter jusqu'à lui ?

Ne cédant pas à la précipitation, l'ex-inspecteur-chef désirait vérifier son intuition en reconstituant les événements, à partir des éléments dont il disposait.

L'homme aux clés d'or du Connaught ne lui en laissa pas le temps.

— Un appel du superintendant Marlow. Il désire vous voir d'urgence.

*

Ravie de transporter Higgins, la vieille Bentley de Scott Marlow roulait vaillamment en direction de l'aéroport de Heathrow. Des soupapes au carburateur en passant par les pneus, elle souffrait de la chaleur accablante et respirait avec difficulté. Mais quand on émargeait à Scotland Yard, on ne ménageait pas ses efforts en cas de nécessité.

— N'ayant aucune charge précise contre les suspects, déclara le superintendant, je n'ai pas pu les faire surveiller de façon étroite. À cause des vacances et du climat qui entraîne des arrêts de travail, je manque de personnel. Néanmoins, j'ai fourni leur signalement à la police des frontières, en ordonnant qu'on les interpelle s'ils tentaient de quitter le territoire. Bingo ! L'un d'eux a essayé de nous fausser compagnie. Lequel, selon vous ?

— Abercrombie Northgate, répondit Higgins.

— Alors là, vous m'épatez ! Pourquoi pensiez-vous que c'était lui, le coupable ?

— Espérons qu'il passera aux aveux.

Connaissant Higgins, Marlow savait qu'il n'en dirait pas davantage. Priorité : faire parler l'intendant et savoir où se trouvait Audrey Wani, soit prisonnière, soit réduite à l'état de cadavre.

— Malheureusement, elle est morte, affirma Higgins.

Comme son collègue n'avait pas coutume de se prononcer à la légère, le peu d'optimisme du superintendant fut anéanti. Il fallait maintenant arracher la vérité à Northgate.

*

Cheveux coupés court, imberbe, une chemise à fleurs, un pantalon blanc flottant, des sandalettes, Abercrombie Northgate avait changé de look. Seul son passeport l'avait trahi.

Assis sur une chaise, dans un local anonyme de la police, il sirotait une bouteille d'eau.

Higgins mit une bonne minute à le reconnaître.

— Bonjour, inspecteur.

— Bonjour, monsieur Northgate. Vous partiez en voyage ?

— Loin, très loin. Et sans le moindre bagage.

— Où précisément ?

— À Bali.

— Et pour quelle raison ?

— Toute simple : la gamine. Je pensais être lié à Moonlight, à ce domaine, à cette terre. Je me trompais. C'est elle qui me retenait ici. La servir, être en permanence à sa disposition, lui ôter tout souci afin qu'elle profite au maximum de ses courtes périodes de repos : c'était ça, mon bonheur. Depuis qu'elle a disparu, j'ai pris Moonlight en horreur. Et je sais que la petite ne reviendra pas. Alors, j'ai décidé de changer de vie. À Bali, j'oublierai le passé.

— Audrey Wani tenait-elle un journal intime ?

— Non, inspecteur.

— N'aurait-elle pas rédigé un texte dans lequel elle aurait révélé le nom du vainqueur, appelé à vivre auprès d'elle ?

— Certainement pas. Si elle avait adopté ce genre de précaution, elle aurait déposé le document chez moi, et je vous l'aurais remis.

Higgins fixa l'ex-intendant.

— M'avez-vous vraiment tout dit, monsieur Northgate ?

— Oui, inspecteur, vraiment tout. Et je n'ai qu'une angoisse : que la petite ait été enterrée à la hâte à Moonlight, après son assassinat.

— Je ne le pense pas.

— Vous croyez pouvoir la retrouver ?

— J'ai bon espoir.

— Si vous y parvenez, accordez-moi la faveur de me prévenir. Elle sera en paix, et je prierai pour elle.

— Vous avez une adresse, à Bali ?

— Je vous l'enverrai dès que j'aurai déniché un point de chute. La petite, je l'aimais comme ma fille. C'est fou ce qu'elle me manque !

— Bon voyage, monsieur Northgate.

★

Derrière une vitre permettant de voir sans être vu, Scott Marlow avait fulminé en écoutant l'interrogatoire. Quand Higgins le rejoignit, le superintendant ne cacha pas son irritation.

— Vous n'allez pas le laisser partir ?

— Il n'a pas tué Audrey Wani. Nous n'avons aucune raison de le retenir.

La colère de Marlow retomba.

— Avez-vous une piste sérieuse ?

— C'est probable, mais je dois étayer mon hypothèse. Et j'aurai besoin de votre aide pour une ultime vérification.

— 42 —

En période de canicule, quel endroit plus agréable qu'un bosquet dispensant une ombre bienfaisante ? Higgins en trouva un à Hyde Park, en pleine somnolence. Pas un orateur pour prédire l'apocalypse, un tsunami dans le Channel ou le débarquement des Martiens.

Un banc récemment repeint, des chants d'oiseaux, un léger souffle de vent : des conditions propices à une conclusion émergeant des ténèbres.

Sur bien des points, les témoignages des six suspects étaient concordants. Aucun ne connaissait l'intendant, aucun n'avait vu de domestique pendant le week-end, ils étaient tous arrivés en voiture à Moonlight, le samedi à quatorze heures, et avaient strictement suivi les consignes d'Audrey Wani en rejoignant leur pavillon, en attendant le moment fixé pour leur entretien privé avec la jeune femme et leur venue au château le dimanche, en fin d'après-midi, afin de préparer le dîner décisif, à propos duquel les témoignages, du moins sur l'essentiel, convergeaient : lasagnes de l'Italien, pintades et vin du Français, feu roulant de questions d'Audrey Wani, d'abord culturelles, puis personnelles. Accord complet également sur le contrat qu'elle leur avait proposé, et sur le désappointement général du lundi matin et le départ en trombe préconisé par Franz von Sigental.

En revanche, sur certains points de détail, en particulier la robe de fiançailles, beaucoup de flou. L'assassin avait forcément menti sur sa manière d'occuper son temps libre.

L'assassin ou… *les* assassins ? Chacun des six compétiteurs avait affirmé ne pas avoir rencontré les cinq autres auparavant. Et s'ils étaient complices, s'ils avaient organisé ensemble le meurtre d'Audrey Wani ? À la lueur de l'enquête, ils ne semblaient guère s'entendre, lorsqu'ils ne se détestaient pas. Et il paraissait peu probable que les six fussent d'excellents comédiens. Néanmoins prudent, Higgins songeait à mener des investigations pour détecter d'éventuels contacts entre certains d'entre eux ; certainement pas six coupables, mais pourquoi pas deux ?

Or, l'Italien Massimiliano Giotanni portait au poignet une montre ancienne, de grande valeur. Ne lui aurait-elle pas été vendue par un spécialiste, l'Australien Dykter Colan ?

Pour confirmer ou infirmer cette hypothèse-là, une vérification s'imposait. Difficulté : à la rue, Giotanni habitait dans son Aston Martin, et avait peut-être pris la fuite. Un espoir cependant : vu sa façon de conduire, l'Italien n'avait-il pas commis un énième excès de vitesse ?

Cette fois, Scotland Yard serait indispensable. Et l'ex-inspecteur-chef demanderait au superintendant une seconde vérification, dont le résultat lui fournirait sans doute le dernier élément de sa reconstitution.

★

— Il est complètement dingue, votre Giotanni ! s'exclama Scott Marlow. Il a confondu les rues de Chelsea avec un circuit de Formule 1, grillé plusieurs feux rouges, semé la panique chez les piétons et tenté de s'enfuir ! Il a fallu pas moins de quatre véhicules pour l'intercepter. En prime, deux grammes d'alcool dans le sang. Ça va lui coûter cher !

— Où se trouve-t-il ?

— En cellule, avant comparution rapide devant un tribunal. Ce chauffard n'échappera pas à la prison ferme.

— Je dois m'entretenir avec lui.

— Criminel, en plus ?

— J'ai un autre service à solliciter, superintendant. Pourriez-vous établir une liste de tous les accidents de voiture survenus, lundi dernier, dans les environs de Windsor ? J'aimerais aussi connaître les incidents de toute nature, tel un grand excès de vitesse, ou l'altercation entre un automobiliste et des policiers.

— Grâce à l'informatique, pas de problème.

★

En cage, son costume violet fripé, la mine défaite, le beau Massimiliano Giotanni n'avait plus rien d'un séducteur. Revoir Higgins lui arracha un vague sourire.

— J'ai déconné, inspecteur, et pas qu'un peu ! Je n'avais pas vraiment bu, juste une dizaine de mauvaises bières, mais j'ai complètement oublié que je roulais en ville. Et je n'ai tué personne !

— En ce qui concerne cette affaire-là, votre sort est entre les mains d'un juge. En revanche, à propos de la disparition d'Audrey Wani, j'ai une question à vous poser.

— Vous ne l'avez pas encore retrouvée ?

— Cela ne saurait tarder. Vous ne portez plus votre montre ancienne ?

— On me l'a ôtée. Le règlement.

— Qui vous l'a vendue, monsieur Giotanni ?

— Mais... personne ! Je vous l'ai dit, c'est un cadeau de mon oncle, un noble vénitien.

— Malheureusement décédé, et donc incapable de corroborer votre déclaration. N'auriez-vous pas plutôt acheté ce précieux objet à Dykter Colan ?

— Non, je vous jure que non !

— Je suis dans l'obligation de l'interroger à ce sujet. Et si sa réponse est différente de la vôtre, vous serez confrontés.

— *Mamma mia*, je n'aurais jamais dû quitter l'Italie !

*

— Voici votre liste, annonça fièrement Marlow. Un lundi tranquille, dans ce coin-là. Seulement une dizaine d'accidents. Ni mort ni blessé grave, uniquement de petits bobos et de la tôle froissée. Vous avez la description des véhicules, le lieu précis du sinistre, le nom des conducteurs et le texte du constat. Cela vous suffira ?

Higgins lut le document et repéra le nom qu'il espérait : agence Laxter.

— Magnifique, superintendant. Puis-je téléphoner ?

Connaissant la capacité de Higgins à détraquer les machines, Marlow composa lui-même le numéro. Usant de persuasion, l'ex-inspecteur-chef obtint le renseignement désiré.

— À présent, interrogea Marlow, intrigué, que comptez-vous faire ?

— M'assurer que Giotanni n'a pas menti. Ensuite, j'arrêterai l'assassin d'Audrey Wani.

— 43 —

Redoutant le caractère parfois intrépide de Higgins, qui mésestimait le danger d'une interpellation, le superintendant lui attribua d'office la Land Rover de Bug Bugsy. Feuille de route précise : horaire illimité jusqu'à l'arrestation, appel d'urgence en cas de nécessité, et retour à Scotland Yard avec le coupable à bord. Au tarif habituel s'ajoutait une substantielle prime de risque. Au terme d'un quart d'heure de lecture attentive, Bugsy parapha le document.

— Quand les choses sont correctement définies, commenta-t-il, elles tournent bien.

Lorsque Higgins s'assit à l'arrière, le chauffeur empoigna son volant.

— Destination ?

— Windsor, chez Dykter Colan.

Bug Bugsy activa le système « mémoire ».

— Et ensuite ?

— Je vous informerai en temps voulu.

— Admettons.

Se réfugiant dans les profondeurs de sa vie intérieure, le chauffeur conduisit avec sa régularité habituelle jusqu'à son objectif.

Il se gara devant le domicile de l'Australien.

— J'ai bien noté que je lançais un appel d'urgence en cas de grabuge, mais à quel niveau le situez-vous ?

— Par exemple une explosion ou des coups de feu, répondit Higgins.

— J'apprécierai.

L'ex-inspecteur-chef n'eut pas à sonner, car Dykter Colan sortait de chez lui, un arrosoir à la main.

Il sembla surpris.

— Des nouvelles d'Audrey ?

— Plutôt de Massimiliano Giotanni.

— Alors, c'est lui qui…

— Puis-je entrer ?

— Bien sûr. J'arroserai le jardin plus tard. Vous avez vu ? L'herbe jaunit, et la météo se désespère.

Le local n'avait pas changé. Vestibule rempli de sacs à dos, et pièce principale d'horloges, de pendules et de montres.

Higgins contempla ces dernières.

— Avez-vous vendu une montre ancienne à M. Giotanni ?

— Non, inspecteur.

— Réfléchissez bien.

— Je vous jure que non !

— Et vous n'en avez pas acheté une à un noble vénitien ?

— Assurément non ! Tout ce que je possède provient du Royaume-Uni. On n'imagine pas les trésors que possèdent les châtelains et les aristocrates désargentés. À bout de souffle, ils commencent par négocier de petits objets précieux, tels des bijoux et des montres.

L'Australien posa l'arrosoir et agrippa un plumeau.

— La poussière réapparaît sans cesse, quelles que soient la température et la saison. À se demander d'où elle provient ! Face à mon ennemie jurée, un combat quotidien.

— N'avez-vous pas commis un grave délit, monsieur Colan ?

Le jeune homme se posa sur un tabouret.

— Vous avez fouillé dans vos archives...

— Scotland Yard est une police sérieuse.

— Et vous souhaitez que je m'explique ?

— Vous m'obligeriez.

Dykter Colan joignit ses mains.

— Tout gamin, en Australie, j'avais été ébloui par une horloge, datant de l'époque victorienne, que possédait la famille d'un ami. Pendant que mes copains jouaient à l'extérieur, je l'admirais, fasciné. Quand j'ai eu l'occasion de venir en Angleterre, je me suis précipité chez les antiquaires. Des merveilles, partout des merveilles, mais hors de portée de ma bourse ! Les petits boulots ne me procuraient pas de quoi en acheter. Un jour, j'ai craqué et j'en ai volé une. Comme je ne suis pas très adroit, le marchand m'a repéré. Je me suis enfui, il hurlait. Des passants ont essayé de m'intercepter, je les ai repoussés. Mais une voiture de police patrouillait, et j'ai succombé sous le poids des bobbies. Par chance, le juge m'a écouté et a compris mon addiction à la beauté de ces objets, fabriqués avec tant de soin et de talent. J'ai écopé d'une peine de travaux d'utilité publique, et ça m'a remis les idées en place. Maintenant, j'achète et je vends légalement.

Pendules, horloges et montres étaient arrêtées à des heures différentes. Aucune ne fonctionnait.

— Êtes-vous disponible, monsieur Colan ?

— Tout de suite ?

— Si vous en êtes d'accord, j'aimerais vous montrer un endroit intéressant et en parler avec vous. C'est à une demi-heure d'ici, environ. Une voiture de Scotland Yard nous y emmènera.

— C'est... c'est nécessaire ?

— Je le pense.

— Je bois un verre d'eau et j'arrive.

Casquette, tee-shirt orange, pantalon à poches, chaussures de marche, l'Australien était prêt pour une randonnée.

Il s'installa à l'arrière de la Land Rover, à côté de Higgins.

— Destination ? questionna Bug Bugsy.

— Lieu-dit Devilwood, à une vingtaine de miles d'ici.

— 44 —

Dykter Colan blêmit. Durant le trajet, il demeura silencieux. À l'approche du but, un coin perdu, sa nervosité devint perceptible. Au lieu-dit, une maison aux volets fermés, un jardin à l'abandon et une barrière défoncée. Cloué à un poteau, un panneau de bois portant une inscription en gros caractères, à la peinture rouge et visible de loin : « Devilwood ».

— Descendons et marchons, proposa Higgins.

— On ne pourrait pas aller ailleurs ? supplia le jeune homme.

— Navré, c'est ici qu'il nous faut reconstituer les événements qui ont mené à la mort tragique d'Audrey Wani.

L'Australien ne lutta pas. Un sentier menait à un petit bois, derrière la maison abandonnée. Higgins marcha très lentement.

— Vos cinq concurrents ont dissimulé leurs échecs commerciaux, rappela-t-il, en tentant de me persuader que leurs projets seraient bientôt couronnés de succès. Malheureusement pour eux, ce ne sera pas le cas. Vous, en revanche, n'avez pas occulté vos difficultés financières. Et je suppose que vous n'avez rien caché de votre désarroi à Audrey Wani. Désir de cette fameuse transparence, souvent très opaque, dont on nous rebat les oreilles ? Pas du tout. À la différence des cinq autres prétendants, vous avez compris qu'Audrey Wani mènerait une enquête et n'aurait guère de peine à découvrir la vérité. Donc, autant la lui dire. Ainsi, vous avez marqué un point important.

L'étroit sentier suffisait cependant au passage des deux hommes. Des grillons faisaient entendre leur musique.

— La beauté vous captive, monsieur Colan. Mais pas n'importe laquelle : la perfection d'un mécanisme d'horlogerie. Vous y voyez probablement l'apogée du génie humain. Pourquoi vos pendules, vos horloges et vos montres sont-elles arrêtées ?

L'Australien garda les lèvres serrées.

— À mon sens, continua Higgins, vous ne supportez pas la fuite du temps. Pour vous, la perfection doit être figée et ne subir aucune usure. Symbole absolu : un objet consacré au temps, qui ne fournit qu'une heure définitive et non passagère. Est-ce bien exact ?

Un bref hochement de tête, à peine perceptible.

— En recueillant témoignages et déclarations, révéla Higgins, j'ai constaté que les vôtres étaient d'une rare précision. Sens aigu de l'observation, certes, mais vous aviez aussi conscience de vivre le week-end le plus important de votre existence. Cette fois, la beauté ne s'incarnait pas dans un objet, mais dans une femme. Une femme inaccessible, que vous aviez la chance inouïe de côtoyer. Et vous êtes le seul à m'avoir décrit en détail la robe de fiançailles qu'Audrey voulait revêtir le lundi matin, lors de la proclamation du nom de l'heureux élu. Nous y reviendrons.

Les promeneurs pénétrèrent dans le bois, à l'abri du soleil.

— Quels étaient les véritables critères d'Audrey Wani pour choisir l'homme qu'elle désirait à ses côtés jour et nuit, afin de vaincre la solitude ? En apparence, des questionnaires culturels et personnels qui lui furent probablement utiles, mais ce n'était pas l'essentiel. « Le rêve de ma patronne, m'a confié son intendant, c'est d'adopter un chien traumatisé, malade, dédaigné, de lui redonner le goût de la vie et du bonheur en le bichonnant. » Financer des refuges ne lui suffisait pas, mais son intense activité professionnelle lui interdisait d'atteindre son idéal. Sauf si le chien perdu sans collier était… un homme. Un homme frappé de plein fouet par des épreuves, à la limite du précipice, incapable de s'en sortir seul. Encore fallait-il qu'il lui plaise, qu'il soit jeune, beau et sensible à son charme. L'amour, peut-être, à condition qu'elle garde la maîtrise de la situation. Vous seul, monsieur Colan, avez évoqué un chien, en l'occurrence le dernier corgi de Sa Majesté, enterré à Windsor.

Higgins s'immobilisa et consulta ses notes.

— Je vous cite : « Les chiens meurent trop tôt, beaucoup trop tôt. Mieux vaudrait que leurs maîtres, quand ils sont indignes et les torturent, disparaissent avant eux. » Deux sentiments contradictoires, de votre part, envers Audrey Wani : un amour fiévreux, celui d'un authentique chevalier servant, et la haine à l'encontre d'une dominatrice. Seule solution : préserver le moment de bonheur, la beauté d'une femme exceptionnelle, et ne pas devenir, à la longue, l'esclave d'une maîtresse impitoyable. La trop belle Audrey aurait fini par vous torturer. Il ne fallait garder d'elle qu'une vision parfaite, inaltérable, telle une horloge arrêtée. Vous avez tué Audrey Wani afin qu'elle ne vieillisse pas, et que vous ne soyez pas humilié.

L'Australien ne protesta pas. Et la marche lente recommença.

— Selon votre propre témoignage, dimanche soir, ou plus exactement lundi à zéro heure et deux minutes, Audrey a quitté la salle à manger en recommandant à ses prétendants d'aller dormir. Et plus personne ne l'a revue, sauf vous. En raison de la chaleur de cette nuit d'été, ne se serait-elle pas rendue à la piscine ? Là, vous l'avez surprise. Votre puissance physique ne lui laissait aucune chance. Une fois morte, vous l'avez revêtue de la robe rouge aux bretelles bordées de blanc. Votre fiancée, pour un instant équivalant à l'éternité.

Les yeux baissés, Dykter Colan réglait son pas sur celui de Higgins.

— Comment sortir le corps d'Audrey de Moonlight ? En le déposant dans le coffre de votre voiture, mais avec le respect dû à la femme dont vous étiez tombé amoureux. Et vous seul, parmi les six, possédiez une housse molletonnée suffisamment grande pour y glisser un cadavre. Au breakfast du lundi, tourmenté par votre crime, vous étiez avachi, le nez dans votre bol de thé. Et l'intervention de Franz von Sigental, vous enjoignant à tous de partir sans délai, vous a libéré. Dernière étape : enterrer Audrey dignement. Et c'est ensuite, en proie à l'émotion, que vous avez perdu le contrôle de votre voiture, en apercevant le panneau « Devilwood », « le bois du diable ». Sans doute, à ce moment-là, la gravité de votre acte vous est-elle apparue. Une barrière défoncée, de légers dégâts et la panique. Vous avez pris la fuite, et l'agence Laxter, que j'ai contactée, a entrepris une procédure contre vous. Je lui ai surtout demandé de confier la Fiat à la police scientifique, qui apportera la preuve que le corps d'Audrey Wani a bien séjourné dans votre coffre. Votre housse ne suffisait pas à empêcher toute trace.

Sur ce dernier point, Higgins s'avançait beaucoup. Mais l'argument convainquait l'assassin, qui parut soulagé et s'exprima d'une voix tremblante.

— Si vous l'aviez vue à la piscine, nue, baignée de la lumière de la lune… c'était une déesse, elle n'appartenait pas au monde sordide des humains. Et les déesses ne meurent jamais vraiment. Un corps comme le sien devait rester intact, parfait. Je l'aimais trop pour la laisser vieillir, il fallait que j'arrête le temps et que je garde son image en moi, pour moi seul, moi qu'elle avait choisi pour vivre auprès d'elle. L'été allait finir, l'automne serait insupportable, et l'hiver si cruel ! Je n'aurais pas supporté sa première ride, elle non plus. Je l'ai délivrée de toute dégradation, inspecteur, j'ai préservé sa beauté immaculée en stoppant le flux criminel des années, des mois, des jours, des heures, des minutes, des secondes. L'instant de bonheur dont nous avons bénéficié, l'instant absolu, hors du temps... Voilà mon trésor, que personne ne m'arrachera.

— Où l'avez-vous enterrée ?

— Non loin d'ici. C'est vrai que la pancarte « Devilwood » m'a épouvanté et que je me suis cru damné. De retour chez moi, j'ai réfléchi. En réalité, j'ai bien agi, pour elle comme pour moi.

— M'autorisez-vous à me recueillir sur sa tombe et à lui rendre un ultime hommage ?

— Je vous guide.

— Épilogue —

Ne manifestant aucune agressivité, Dykter Colan avait été confié à des psychiatres, qui le jugeraient probablement irresponsable et réclameraient un internement médicalisé. Exhumé, le cadavre d'Audrey Wani, vêtu de la robe de ses fiançailles fatales, avait été autopsié. Verdict du médecin légiste : mort par strangulation particulièrement violente. Avertis par Higgins, comme promis, les candidats malheureux de Moonlight, y compris Massimiliano Giotanni, en liberté surveillée, avaient assisté aux funérailles.

Le retour de Higgins à The Slaughterers avait coïncidé avec celui de la pluie et la chute brutale des températures. Enfin, on respirait, et le gazon reverdissait. Trafalgar sommeillerait plus profondément, et Geb gambaderait à nouveau dans la forêt.

Alors que l'ex-inspecteur-chef s'accordait un verre de champagne brut bien frappé, Mary surgit.

— Elles n'avaient pas raison, mes voyantes ? Sans elles, Scotland Yard n'aurait même pas soupçonné un crime, et ce dingue serait encore en liberté. C'est elles qu'il faudrait décorer, pas les rappeurs ni les politicards ! Elle est belle, notre société ! Et puis dites donc, qu'est-ce que ce message envoyé par votre complice Marlow : « Suis chez Suzy Wong, Buddha Street, Bali. A. N. » ? Vous ne comptez tout de même pas partir à l'autre bout du monde afin de rencontrer cette Suzy ? Manquerait plus que ça !

— Nullement, la rassura Higgins. En revanche, ayez l'obligeance de transmettre le résultat de l'enquête à Abercrombie Northgate, l'ex-intendant de Moonlight. Il priera pour l'âme d'Audrey.

Plus secoué par ce drame qu'il ne voulait l'admettre, Higgins goûta un instant d'éternité en écoutant le *Concerto pour clarinette* de Mozart. Un instant qu'il pourrait répéter à loisir.

ŒUVRES DE CHRISTIAN JACQ

Romans

L'Affaire Toutankhamon, Grasset (prix des Maisons de la Presse).
Barrage sur le Nil, Robert Laffont.
Champollion l'Égyptien, XO Éditions.
Le Dernier Rêve de Cléopâtre, XO Éditions.
Égypte, l'ultime espoir. La vie héroïque du grand prêtre Pétosiris, XO Éditions.
L'Empire du pape blanc (épuisé).
Les Enquêtes de Setna, XO Éditions :
 * *La Tombe maudite.*
 ** *Le Livre interdit.*
 *** *Le Voleur d'âmes.*
 **** *Le Duel des mages.*
Et l'Égypte s'éveilla, XO Éditions :
 * *La Guerre des clans.*
 ** *Le Feu du Scorpion.*
 *** *L'Œil du Faucon.*
Horemheb, le retour de la lumière, XO Éditions.
Imhotep, l'inventeur de l'éternité, XO Éditions.
J'ai construit la Grande Pyramide, XO Éditions.
Le Juge d'Égypte, Plon :
 * *La Pyramide assassinée.*
 ** *La Loi du désert.*
 *** *La Justice du vizir.*
La Création du Temple de Salomon, Ebook (uniquement).
Maître Hiram et le roi Salomon, XO Éditions.
Le Moine et le Vénérable, Robert Laffont.
Mozart, XO Éditions :
 * *Le Grand Magicien.*
 ** *Le Fils de la Lumière.*
 *** *Le Frère du Feu.*
 **** *L'Aimé d'Isis.*

Les Mystères d'Osiris, XO Éditions :

* *L'Arbre de vie.*
** *La Conspiration du mal.*
*** *Le Chemin du feu.*
**** *Le Grand Secret.*

La Naissance d'Anubis ou le Crime suprême (nouvelle), J Éditions.

Néfertiti, l'Ombre du Soleil, XO Éditions.

Pharaon, mon royaume est de ce monde, XO Éditions.

Le Pharaon noir, Robert Laffont.

La Pierre de lumière, XO Éditions :

* *Néfer le Silencieux.*
** *La Femme sage.*
*** *Paneb l'Ardent.*
**** *La Place de Vérité.*

Pour l'Amour de Philae, Grasset.

Le Procès de la momie, XO Éditions.

La Prodigieuse Aventure du Lama Dancing (épuisé).

Que la vie est douce à l'ombre des palmes (nouvelles), XO Éditions.

Ramsès, Robert Laffont :

* *Le Fils de la Lumière.*
** *Le Temple des millions d'années.*
*** *La Bataille de Kadesh.*
**** *La Dame d'Abou Simbel.*
***** *Sous l'acacia d'Occident.*

La Reine Liberté, XO Éditions :

* *L'Empire des ténèbres.*
** *La Guerre des couronnes.*
*** *L'Épée flamboyante.*

La Reine Soleil, Julliard (prix Jean-d'Heurs du roman historique).

Sphinx, XO Éditions.

Toutânkhamon, l'ultime secret, XO Éditions.

Urgence absolue, XO Éditions.

La Vengeance des dieux, XO Éditions :

* *Chasse à l'homme.*
** *La Divine Adoratrice.*

Ouvrages pour la jeunesse

Contes et légendes du temps des pyramides, Nathan.

La Fiancée du Nil, Magnard (prix Saint-Affrique).

Les Pharaons racontés par..., Perrin.

Essais sur l'Égypte ancienne

Ces femmes qui ont fait l'Égypte, XO Éditions.

L'Égypte ancienne au jour le jour, Perrin.

L'Égypte des grands pharaons, Perrin (couronné par l'Académie française).

Les Égyptiennes, portraits de femmes de l'Égypte pharaonique (épuisé).

Les Grands Sages de l'Égypte ancienne, Perrin.

Initiation à l'Égypte ancienne, MdV Éditeur.

La Légende d'Isis et d'Osiris, ou la Victoire de l'amour sur la mort, MdV Éditeur.

Les Maximes de Ptah-Hotep. L'enseignement d'un sage du temps des pyramides, MdV Éditeur.

Le Monde magique de l'Égypte ancienne, XO Éditions.

Néfertiti et Akhénaton, le couple solaire, Perrin.

Paysages et paradis de l'autre monde selon l'Égypte ancienne, MdV Éditeur.

Le Petit Champollion illustré, Robert Laffont.

Pouvoir et sagesse selon l'Égypte ancienne, XO Éditions.

Préface à : *Champollion, grammaire égyptienne*, Actes Sud.

Préface et commentaires à : *Champollion, textes fondamentaux sur l'Égypte ancienne*, MdV Éditeur.

Rubriques « Archéologie égyptienne », dans le *Grand Dictionnaire encyclopédique*, Larousse.

Rubriques « L'Égypte pharaonique », dans le *Dictionnaire critique de l'ésotérisme*, Presses universitaires de France.

La Sagesse vivante de l'Égypte ancienne, Robert Laffont.

La Tradition primordiale de l'Égypte ancienne selon les Textes des Pyramides, Grasset.

La Vallée des Rois, histoire et découverte d'une demeure d'éternité, Perrin.

Voyage dans l'Égypte des pharaons, Perrin.

Autres essais

La Flûte enchantée de W.A. Mozart, traduction, présentation et commentaires de C. Jacq, MdV Éditeur.

La Franc-maçonnerie, histoire et initiation, Robert Laffont.

Le Livre des Deux Chemins, symbolique du Puy-en-Velay (épuisé).

Le Message initiatique des cathédrales, MdV Éditeur.

Saint-Bertrand-de-Comminges (épuisé).

Saint-Just-de-Valcabrère (épuisé).

Trois Voyages initiatiques, XO Éditions :

* *La Confrérie des Sages du Nord.*

** *Le Message des constructeurs de cathédrales.*

*** *Le Voyage initiatique ou les Trente-Trois Degrés de la Sagesse.*

Albums illustrés

L'Égypte vue du ciel (photographies de P. Plisson), XO Éditions et La Martinière.

Karnak et Louxor, Pygmalion.

Le Mystère des hiéroglyphes, la clé de l'Égypte ancienne, Favre.

La Vallée des Rois, images et mystères (épuisé).

Le Voyage aux pyramides (épuisé).

Le Voyage sur le Nil (épuisé).

Sur les pas de Champollion, l'Égypte des hiéroglyphes (épuisé).

Bandes dessinées

Les Mystères d'Osiris (scénario : Maryse, Jean-François Charles ; dessins : Benoît Roels), Glénat et XO Éditions :

* *L'Arbre de vie (1).*

** *L'Arbre de vie (2).*

*** *La Conspiration du mal (1).*

**** *La Conspiration du mal (2).*

ON EN PARLE...

« Higgins travaille comme nous le faisons, dans la réflexion. Il écoute, il observe, il relève ce qui est anachronique et incohérent. Ensuite, il réfléchit, analyse et pose les bonnes questions. Depuis trente-trois ans au service de la gendarmerie et de l'IRCGN, c'est ainsi que je forme les enquêteurs et les techniciens qui travaillent avec moi. »

Capitaine THOMAS,
IRCGN.

★

« La recette de Christian Jacq est simple : une intrigue bien construite, des personnages attachants et une écriture alerte. Simple, efficace… On n'a jamais fait mieux ! »

Thierry NIOGRET,
France Bleu Béarn.

★

« Une tradition d'enquête policière où la résolution des crimes commis ne doit rien aux procédés technologiques modernes, mais tout à la sagacité d'un enquêteur, l'inspecteur Higgins, digne héritier des Poirot ou Holmes. »

Nicolas BLONDEAU,
Le Progrès.

★

« Il n'est pas exagéré de dire que le lecteur, littéralement absorbé, mène les investigations au côté de l'inspecteur Higgins. »

Noëlle de SONIS,
La Manche libre.

★

« Le livre est rythmé, l'enquête digne d'un roman d'Agatha Christie. La recette est classique, mais la magie opère toujours. Le lecteur est captivé jusqu'aux dernières pages. »

Franck BOITELLE,
Paris-Normandie.

★

« Christian Jacq mène avec une redoutable efficacité et une délicieuse sophistication un récit bien sombre et bien cadencé. Le lecteur est bousculé par les contre-indices qui jaillissent à chaque page. Il se laisse baigner par l'atmosphère enveloppante du récit. Ambiance crépusculaire et frissons garantis jusqu'à la dernière ligne. »

Véronique EMMANUELLI,
Corse-Matin.

★

« Higgins n'écoute que son bon sens et balaie d'un revers toute précipitation. Poirot et Maigret, ses illustres confrères, usent de la même sagesse. »

Vincent ROUSSOT,
L'Yonne républicaine.

★

« Fidèle à son habitude, Higgins va devoir user de son sens de l'observation, de sa maîtrise de la conversation et de sa perspicacité pour faire toute la lumière. »

Lyliane MOSCA,
L'Est-Éclair.

★

« Des polars à l'anglaise qui respectent à merveille les canons du genre, à commencer par les personnages, très typés… Des romans plaisants et distrayants, qui plus est bien écrits, pour passer le temps en avion, dans le train, ou en cachette au bureau derrière son Mac.

Depuis le paradis des romanciers, sainte Agatha Christie doit considérer avec plaisir la réussite de l'un de ses fidèles continuateurs. »

Philippe LE CLAIRE,
L'Union-L'Ardennais.

★

« Le livre se déguste comme un bon Agatha Christie et on attend avec impatience de découvrir la suite des aventures de cet inspecteur de Scotland Yard qui tient autant d'Hercule Poirot que de l'inspecteur Columbo ! »

Florence DALMAS,
Le Dauphiné libéré.

★

« Un roman fidèle à l'atmosphère et aux retournements de situation, tels que les aime Christian Jacq. Et nous avec. »

Yves DURAND,
Le Courrier de l'Ouest.

★

« Atmosphères troubles, énigmes *a priori* inextricables, personnages hauts en couleur, fausses pistes de tous côtés… Délectez-vous des enquêtes menées de main de maître par l'incomparable Higgins. »

Le Grand Livre du mois.

★

« Délicieusement désuet, mais très moderne en même temps, le héros de Christian Jacq est réellement postmoderne. Réjouissant ! […] On est enchanté du début à la fin. Avec une régularité métronomique, l'auteur livre ses gouleyantes enquêtes de l'inspecteur Higgins. Du grand art et une belle constance ! On en redemande. »

Bernard CATTANÉO,
Courrier français.

★

« Posé, poli, Higgins a tout du gentleman. Les personnages qu'il croise le sont sans doute moins. […] Tel un Sherlock Holmes ou un Hercule Poirot, il note tout. Le visible comme l'invisible n'ont pas de secret pour lui. On tente, de rencontre en rencontre, de deviner avec, voire avant lui, le fin mot de l'histoire mais Christian Jacq se joue de nous. Il nous faut, nous aussi, séparer le bon grain de l'ivraie, passer outre les apparences et les évidences. »

Sébastien DIEULLE,
La Semaine de l'Île-de-France.

Composition et mise en pages
Nord Compo à Villeneuve-d'Ascq

Achevé d'imprimer sur Roto-Page
par l'Imprimerie Floch à Mayenne
en avril 2021

Dépôt légal : mai 2021
N° d'édition : 4551/01 – N° d'impression : 98263

Imprimé en France